秘剣の名医

十

蘭方検死医 沢村伊織

永井義男

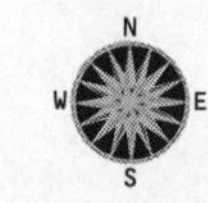

コスミック・時代文庫

この作品はコスミック文庫のために書下ろされました。

◇山下のけころ
『盲文画話』、国会図書館蔵

◇ 山下のにぎわい

『絵本吾妻抉』（北尾重政、寛政九年）、国会図書館蔵

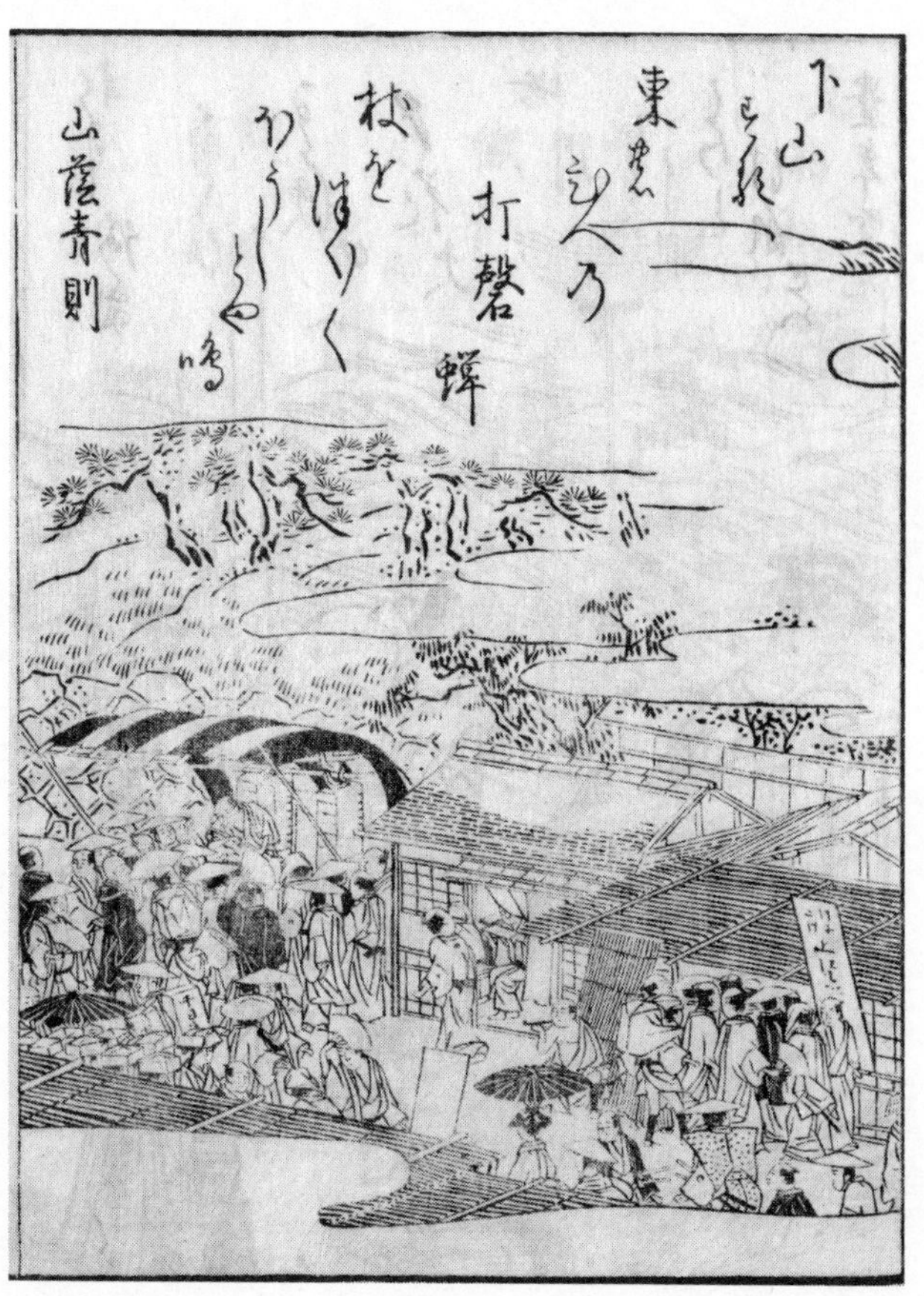

◇ 楊弓場

『間合俗物譬問答』（一片舎南竜著、寛政十二年）、国会図書館蔵

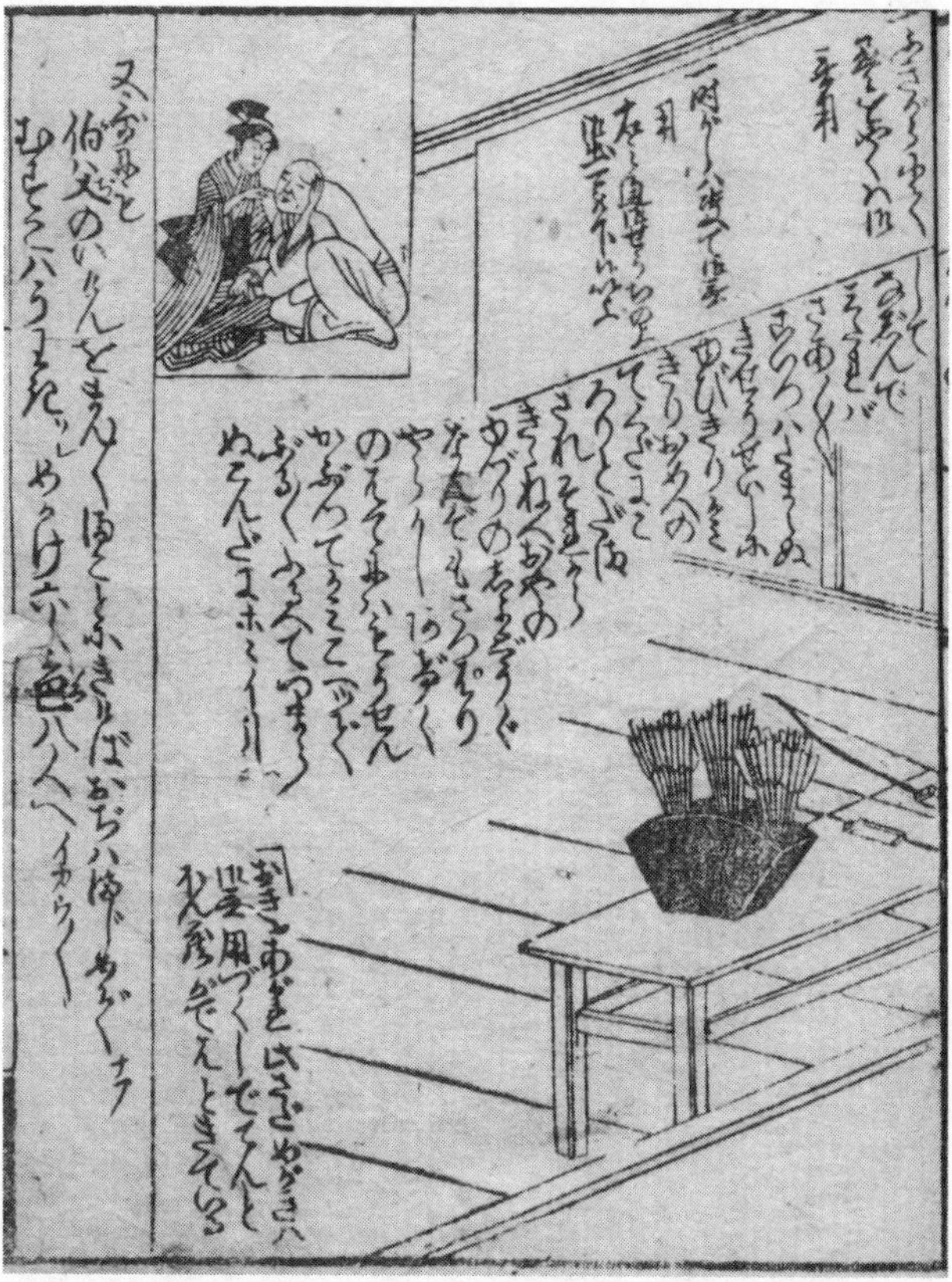

あさがほゆく
登に遊くれば
三年ほ
一時ばかりハ浪人で伊勢
羽
右より御進せうかの星
聖三太郎下りしが

しして
この気んで
こゝまでば
さいあくく
まのゝハきうしぬ
きせうせいふ
ゆびきりをき
きりおかくの
てうござって
ろりくぶは
されこれまで
きこれへおやの
ゆびりのあとがずつぐ
な人ぞみさうぞり
やうりし　わがく
のえてまいをそうせん
かぶつてうえてつゞく
ぶるく　かえてやまつ
ねこんぢまほゝく

又ゝ女房と
伯父のいけんをきんく（と）まことふきりばおぢハ伊豆がく　ナフ
むまとうハうつまた　やうけた八色八人へ一イカウく

おきてあさとはさざめきは八
墨用づくしでてんと
すん形ぞえときてる

◇ 見世物小屋

『福徳天長大国柱』（万亭応賀著、弘化二年）、国会図書館蔵

◇ 講釈場
『人形手新図更紗』（墨川亭雪麿著、天保九年）、国会図書館蔵

◇ 一膳飯屋
『雷幸蔵轟咄』（竹塚東子著、文化四年）、国会図書館蔵

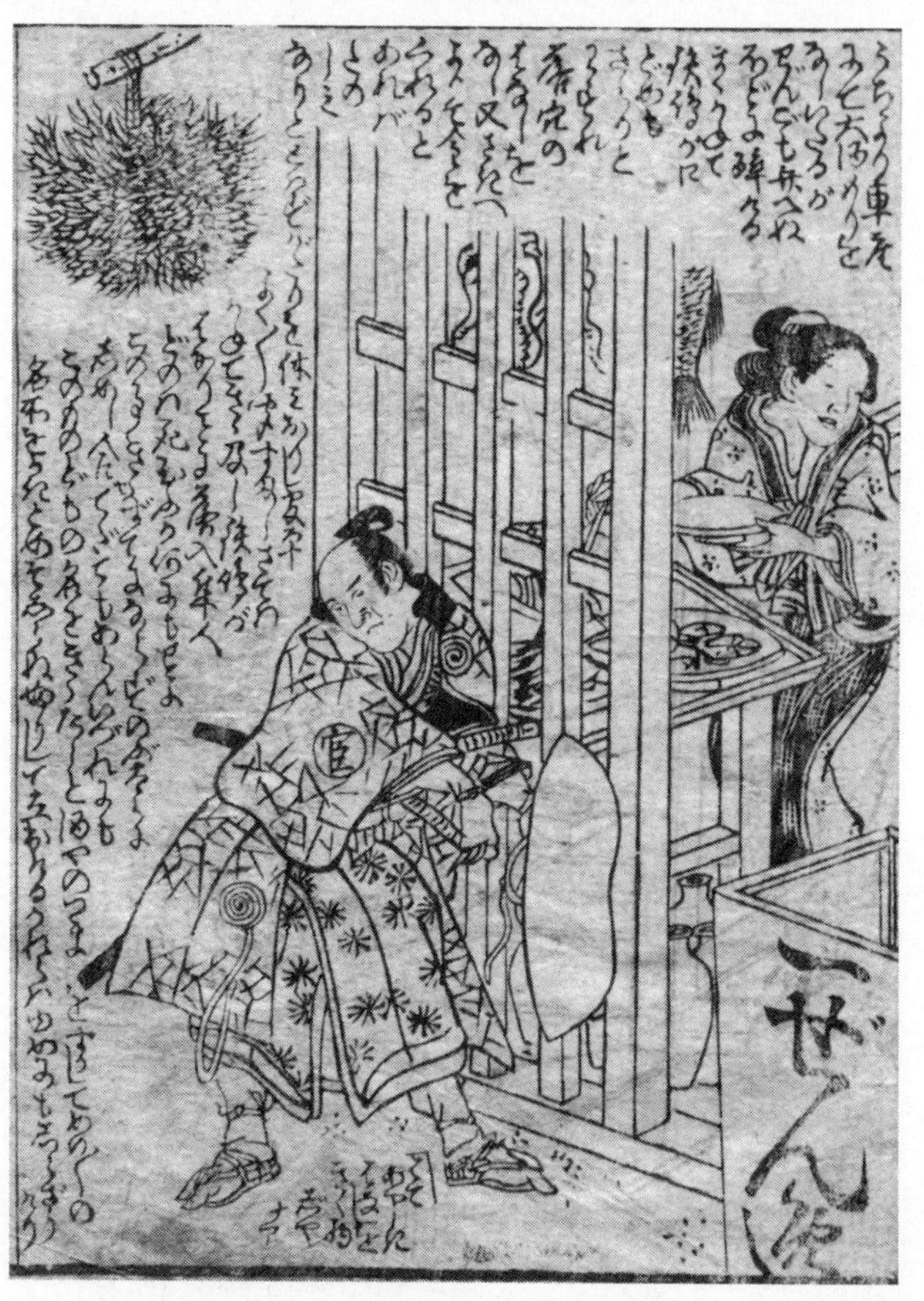

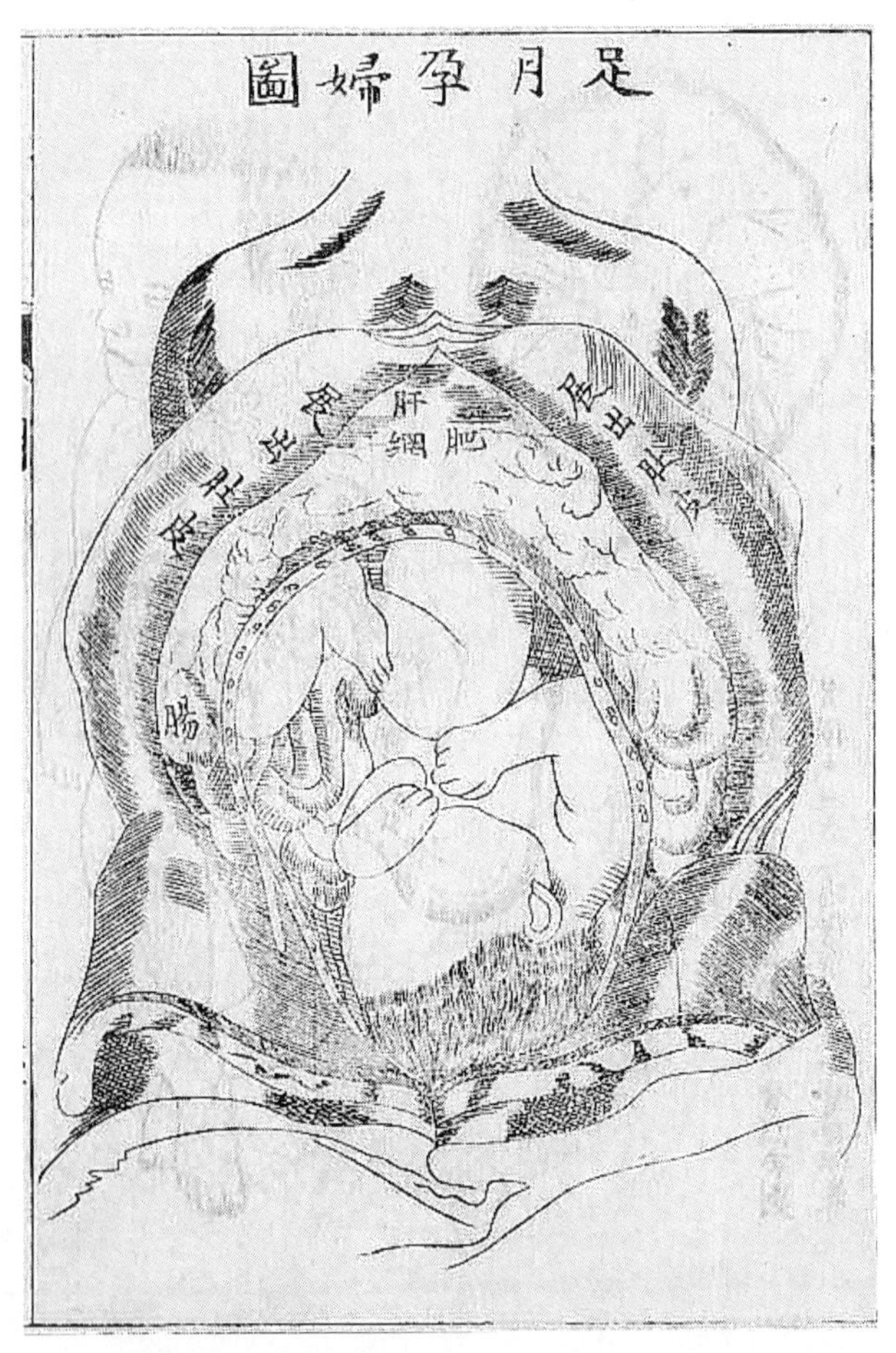

◇胎　児

『全体新論』（合信著、安政四年）、滋賀医科大学付属図書館蔵

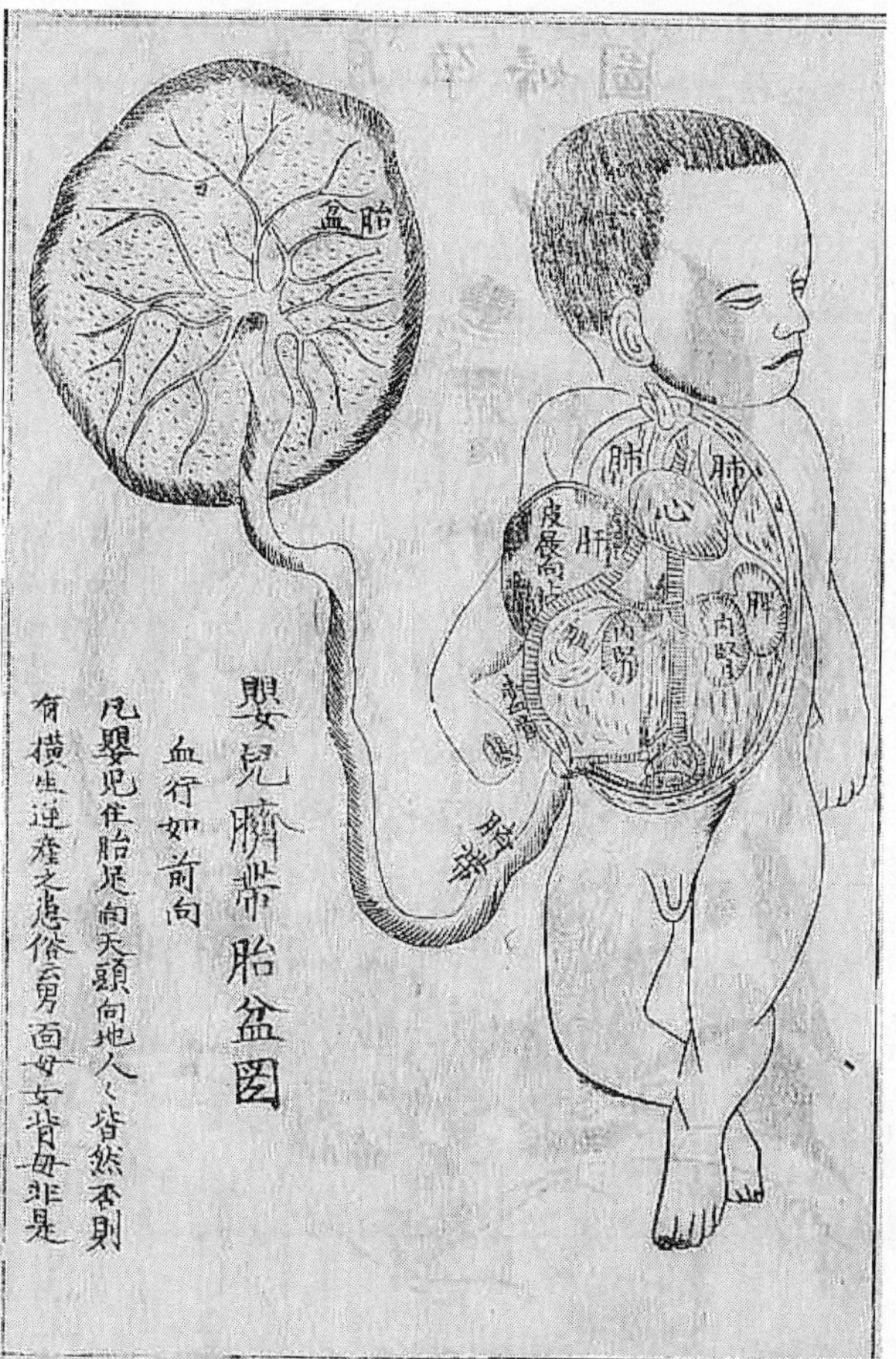

嬰兒臍帶胎盆圖

血行如前向

凡嬰兒在胎足向天頭向地人々皆然否則有横生逆産之患俗云男面母女背母非是

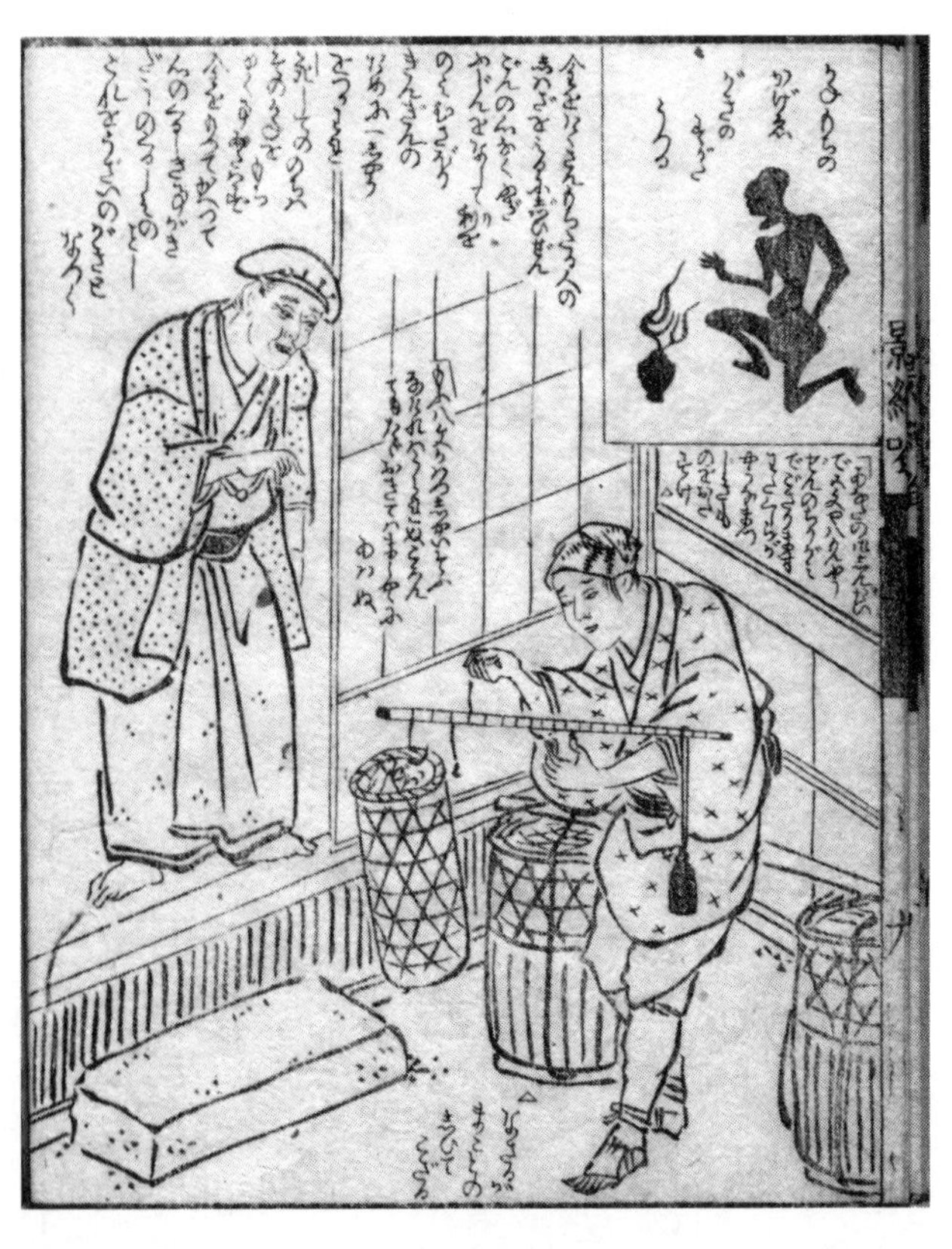

◇ 紙屑買い
『児訓影絵喩』（山東京伝著、寛政十年）、
国会図書館蔵

目次

第一章　矢場女

一

菰掛けの芝居小屋や、見世物小屋が建ち並んでいる。葦簀掛けの簡易な水茶屋も多い。

まだ朝のうちなので、さほど人出は多くないが、山下は江戸でも有数の盛り場である。

上野の山には、徳川家の菩提寺である東叡山寛永寺があった。その上野の山の麓にあたるので、「山下」あるいは「上野山下」と呼ばれている。

にぎわいがはじまる前の山下を、南町奉行所の定町廻り同心の鈴木順之助と、岡っ引の辰治が歩いていた。

案内しているのは、講釈場の主人の昭介と、山下の多種多様な商売を取り仕切る世話人のひとりの又右衛門である。

さきほど鈴木が、中間の金蔵を供に従え、下谷町二丁目の自身番に巡回に行った。

すると、待ち受けていた又右衛門と昭介から、

「町内の楊弓場に変死人がございます。ご検使をお願いいたします」

と要請された。

そこで、同じく自身番で待ち受けていた辰治とともに、検使に出向くことになったのだ。

金蔵は挟箱を肩にかついで、一行の最後に従っている。

昭介の説明によると、こうだった。

「あたしは楊弓場の隣で、講釈場をやっております。

昨日の夕方、ちょいと小便に行ったとき、楊弓場から妙な臭いがしているのに気づきましてね。楊弓場はここ数日、休業しておりまして。

気になったもので、障子を少し開けて隙間からのぞいたところ、ちょうど西日が差しこんで、中が見えたのです。人が倒れている様子でした。声をかけたので

すが、返事がありません。そこで、障子を開けて、中に入ったのです。女が長襦袢をはだけ、股座丸出しの格好で、仰向けに倒れていました。しかも、かなり臭いましてね。死んで、しばらく経っているようでした。あたしはびっくり仰天して、こちらの親方にすぐ知らせたのですがね」

昭介は、世話人の又右衛門を「親方」と称した。

貧弱な身体で、やや吃音の昭介とは対照的に、又右衛門は恰幅がよく、声も深みのある低音で、貫禄充分だった。いかにも、盛り場の商売を仕切る稼業を思わせる。親方と呼ばれるのも、うなずけた。

又右衛門はこう説明した。

「へい、あたくしも、すぐに楊弓場に確かめにいきました。女の死体は、顔も身体もぶよぶよに膨れていて、かなり臭っていました。

股座が丸見えなのは不憫なので、いちおう死体に筵をかけて、自身番に知らせにいきました。もう、日が暮れかかっておりましたな。

自身番に詰めている町役人と相談のうえ、今朝、鈴木さまが巡回にお越しになるのをお待ちしていたのです」

鈴木が尋ねた。

「そうか。で、死んでいたのは、誰だ」

「知らない女です。ただし、顔がだいぶ変わっておりますので、たしかなことはなんとも」

「へい、あたしも知らない顔です」

又右衛門と昭介はともに、見知らぬ女だと答えた。

「ふうむ、死体が見つかったのは昨日か」

鈴木が、かすかに眉をひそめる。

死体の臭気が気になったのだ。

ここ数日、晩秋にもかかわらず、妙に生暖かい陽気が続いていた。

昨日の夕方の段階でかなり臭気を発していたとすれば、半日を経過したいま、腐臭は強烈かもしれない。面貌も、正視しがたいくらいに崩れているであろう。

これまで定町廻り同心として、鈴木は数多くの検使をおこない、腐敗した死体も何度か検分していた。慣れているとは言えないにしても、少なくとも覚悟はできている。

それでも、やはり、胃の奥から重苦しさがこみあげてくる。

ちらと辰治を見ると、やはり同様な気分らしい。小声で、

「今日は、昼飯は食えそうもねえな」

と、つぶやいていた。

（おい、拙者（せっしゃ）とて同じだぞ）

鈴木は内心でぼやく。

かくして、鈴木は不本意ながら、にぎわいのはじまる前の山下を歩いていたのだ。

＊

鈴木は髷（まげ）は小銀杏（こいちょう）に結い、小紋（こもん）の袷（あわせ）の着物に、竜門の裏のついた三ツ紋付の黒羽織（くろばおり）を着て、袴（はかま）はつけない着流し姿だった。

やや下のほうに帯を締め、大刀は落とし差しにしている。脇差（わきざし）の横に朱房（しゅぶさ）の十手（じって）を差していた。足元は白足袋（しろたび）に雪駄（せった）である。

ひと目で町奉行所の同心、いわゆる「八丁堀（はっちょうぼり）の旦那」とわかる、目立ついでたちだった。すれ違う男女はみな、せまい道を譲（ゆず）るようにして頭をさげた。

「ここですがね」

昭介が建物の入口を示した。

腰高障子には、

土弓
松井

と書かれた文字の上に、同心円を重ねた丸い的に、矢が命中している絵が描かれていた。

土弓は楊弓のことである。読み書きができない者でも、的と矢の絵を見さえすれば、ここが楊弓場であるのはすぐにわかるであろう。

「空き家になっているようだな」

辰治が言った。

又右衛門が答える。

「ここ四、五日ほど、休業しておりました。どうしたのかと、あたくしも心配していたところに、この騒ぎでしてね。主人は夜逃げしたのかもしれません」

鈴木は説明を聞きながら、又右衛門は自分の縄張りの店や遊戯場から割前を徴収しているに違いないと察した。

楊弓場の主人の夜逃げは、すなわち自分の収入減につながる。

又右衛門はもう、次の入居者を考えているであろう。そのためにも、早く死体を始末したいに違いない。

「死体は奥の座敷にあるのですがね。あたしは裏手から、じかに座敷のほうに行ったものですから。

とりあえず、入口から入りますが、よろしいでしょうか」

昭介が言った。

鈴木がうなずく。

「うむ、正攻法で行こう。まずは、正門からじゃ」

腰高障子を開けた途端、かすかに腐臭が感じられる。確実に死体に近づいていた。

中はせまい三和土（たたき）になっていて、右手の板壁に、

御持参物
御用心

はきもの

と書いた紙が貼ってあるが、ところどころ、はがれかかっていた。

昭介と又右衛門に続いて、鈴木と辰治も三和土に履物を脱いで、室内にあがる。中間の金蔵は、あとに残った。

三和土からあがったところは、畳二枚を横に細長く敷いたほどの広さだが、畳敷きではなく、板張りに毛氈が敷かれていた。ただし、毛氈はかなり古びていて、あちこち擦りきれている。

右手に箱火鉢が置かれていたが、火はなく、灰だけになっていた。毛氈の先には、板張りの床がおよそ七間半（約十四メートル）ほども細長く奥にのびていて、仕切りの板壁の前に衝立が置かれている。その衝立に、的が取りつけてあった。

また、板張りの手前には、毛氈に接して、細長い木製の机が置かれている。机には、長さが二尺八寸（約八十五センチ）の楊弓と呼ばれる小さな弓が数張、横たえられていた。そばに置かれた壺には、短い矢が多数、立ててある。

備品を見まわしていた鈴木が、

「ほほう、ここから、この小さな弓と矢で、あの的を射るのか。かなり遠いな」

と、興味深そうに言った。

楊弓場で遊んだことはなかったのだ。

「その机が、いわば仕切りでしてね。机の手前に座って、矢を射るわけです」

昭介が得意げに説明した。

辰治が吐き捨てるように言う。

「滅多に当たるものじゃあ、ありやせんよ。わっしは、的に当てるより、もっぱら矢場女の尻を狙っていましたぜ」

「ふうむ、矢場女とはなんだ」

「楊弓場に雇われている女のことでさ。客が射た矢を、矢場女が四つん這いになって拾いにいくのですがね。その尻を狙って、矢を射るわけですよ。

『きゃっ、痛い。なにするんだよ』

『おっと、すまねえ。手元が狂った』

と、すっとぼけるのですがね。

なかには用心して、尻を左右に振り振り、這っていく矢場女もいましてね。男にとっては、そそられる光景ですぜ」

辰治がおかしそうに笑った。

昭介と又右衛門は顔をしかめている。

これから腐乱死体を検分しようというとき、卑猥な冗談を言って笑う岡っ引の神経が信じられない気分らしい。

「ふうむ、四つん這いになって、客の男に向かって尻を振るのか。それは一見の価値があるな。

ともあれ、死体を検分しようか」

鈴木がふところから懐紙を取りだした。ちぎって丸めたあと、唾液で湿し、両方の鼻の穴に詰める。

みなも同じく防臭対策をしたが、昭介は懐紙を持ちあわせていなかったのか、又右衛門にもらっていた。

毛氈敷きの左手に出入口があり、濡縁が奥に続いている。

昭介を先頭に、濡縁を進む。

板張りの床の突きあたりは板壁だが、その板壁の裏側に座敷があった。

障子を開けた途端、強烈な腐敗臭があふれ出てくる。せまい部屋にこもっていたのだ。

鈴木は鼻に栓（せん）をしているので、どうにか耐えられるであろうと思い、室内に入った。

筵が盛りあがっている。下に死体があるのは、あきらかだった。

まずは、座敷を見まわす。

広さは六畳くらいだろうか。片隅（かたすみ）に枕屏風（まくらびょうぶ）が置かれ、内側に布団と夜具（やぐ）がたたんで置かれ、上に箱枕がふたつ、並んで載っていた。ほかに、家具や調度品らしき物はない。

（そもそも、楊弓場の奥に、なぜこんな座敷があるのか）

鈴木はまず疑問が浮かんだが、あとで尋問（じんもん）することにした。ともかく、死体を検分するのが第一であろう。

「おい、筵をはがしてみろ」

「へい、かしこまりました」

昭介が筵の端に手をかけ、パッとめくった。

一瞬、凍りついたように全身を硬直させたあと、

「ギャーッ」

と叫び、その場にぺたんと尻餅をついた。

腰が抜けたようである。

畳に尻をついたまま、

「死、死、死人が、あ、あ、あ、赤ん坊を産んだ」

と、あえぐよう言ったが、その拍子に片方の鼻の穴から、詰紙がぽとりと落ちた。

思わず吸いこんだ強烈な腐臭に、昭介は今度は、

「おえっ」

と、吐き気をもよおし、あわてて片手で鼻と口を覆った。

鈴木も目にした途端、腰が砕けそうになった。

もちろん、ハッと息を呑んだだけで、かろうじて声は発しなかったし、わずかに身を引いただけで踏みとどまったが、受けた衝撃は大きかった。

当然、腐敗が進んだ女の死体は予期していた。

ところが、死体の股の間に、想像もしていなかった赤ん坊がいたのだ。

ただし、泣き声をあげるでも、身動きするでもない。身体は黒褐色で、すでに死んでいるのはあきらかだった。臍の緒はついたままで、女の体内から出てきた

のもあきらかである。

「うえっ」

辰治がうめいた。

さすがに赤ん坊の死体を見て顔が引きつり、血の気が失せている。

同じように顔をひきつらせた又右衛門が、かすれた声で言った。

「昨日、死体を見たときには、赤ん坊はいませんでした。ということは、死んだ女が、夜の間に赤ん坊を産んだことになりましょう」

「ううむ」

鈴木は息をととのえたあと、あらためて死体をながめる。

身につけているのは、長襦袢と湯文字（ゆもじ）だけだった。湯文字の紐（ひも）が解けたためか、陰部は丸出しになっている。

女の全身は腐敗で大きく膨らみ、赤褐色になっていた。いわゆる、土左衛門（どざえもん）で発見された水死体に似ている。

年齢は二十代だろうが、四十代に見えなくもない。たとえ美人だったとしても、もとの容貌は想像もつかなかった。

「女は死後、四日は経っているであろう。このところ、暖かかったからな。

見たところ、とくに畳に血は流れていないようだが」

「旦那、頸(くび)に筋の跡が残っていやす。紐のような物で絞め殺したのでしょうな」

辰治が死体のそばにかがみ、十手の先で首筋を示した。

すでに当初の動揺から立ち直っている。死体のそばに、平気でかがんでいた。

「うむ、紐で絞め殺したに相違ない。いちおう、ほかも見よう」

鈴木は辰治とともに、女の全身を検分した。

とくに切り傷や刺し傷は見あたらなかった。もちろん、打撲傷などによる内出血は、これほど腐敗が進行していると判別は難しい。

着物や持ち物は、殺した者がすべて持ち去ったのであろう。頭に髪飾りもなかった。

「旦那、この女、裸足(はだし)ですね」

「うむ、それがどうかしたか」

「ちょいと、お待ちください」

辰治が立ちあがり、いったん座敷から濡縁に出る。

あちこち見まわしたあと、戻ってきて言った。

「入口に女物の履物はありませんでした。

そこで、濡縁からあがりこんだのかと思って、床下などを見たのですが、履物はありませんでした」

「ふうむ、すると、ほかで殺して、死体をここに運びこんだか。あるいは、ここに誘いこんで殺したあと、女の履物を持ち去ったかだな。

女の身元をわからなくしようとしたのは、たしかだ。

う〜ん。いろいろと謎が多いな。まあ、死体の検分はこれくらいでよかろう。

さて、くわしく話を聞きたいが、ここではなぁ。近くに適当な場所はないか」

鈴木は又右衛門と昭介の顔を見た。

昭介が大きくうなずき、

「講釈場はいかがですか。講釈がはじまるのは九ツ（正午頃）過ぎですので、いまは客はいません。隣ですし、煙草も吸えますが」

と、熱心に勧める。

本音は、この場から一刻も早く退散したいのであろう。

「ほう、煙草が吸えるのはありがたいな。では、そうしよう」

鈴木は講釈場を借りることにした。

嬰児の死体に目をやったあと、今度は辰治に言った。

「おい、死人が赤ん坊を産んだなんぞ、とても拙者の手に負えぬぞ。これこそ、長崎で修業した蘭方医の出番だろうよ。

ご苦労だが、これからひとっ走りして、沢村伊織先生を呼んできてくれぬか」

「へい、ようがす。

あの先生も、女の死体が赤ん坊を産んだと知れば、なにはさておいても、駆けつけるはずですよ。興味津々というやつでしょうな。

ところで、死体はどうしやすかね」

「金蔵に番をさせよう」

「わかりやした。では、死体には筵をかけておきやしょうか」

「いや、そのままでよい」

辰治は同心の返答に意外そうな顔をしたが、とくに異議もとなえない。

これまでの経験で、鈴木のやや奇矯な言動には、けっこう意味があるのを知っていたのだ。

みなで濡縁伝いに、入口に戻った。

鈴木が、待っていた中間の金蔵に命じた。

「拙者は、こちらのふたりと、隣の講釈場でちょいと話をする。辰治は下谷七軒町に、沢村伊織先生を呼びにいく。

そんなわけで、てめえに、死体の番を頼みたい。

奥の座敷に、女の死体が転がっている。かなり臭うから、覚悟しておけ」

「へい、かしこまりました」

「そのうち、怖いもの見たさで、死体をひと目見たいと言って、野次馬が押し寄せてくるぞ。覚悟しておけ」

「へい、では、怒鳴りつけて、追い返せばよろしいのですね」

「いや、追い返すには及ばぬ。自由に見物させてやれ」

「へ、死体を見物させてよろしいのですか」

金蔵が驚いて問い返す。

検使の同心のなんとも無責任な発言に、そばで聞いていた又右衛門と昭介は、啞然とした顔をしている。

鈴木が淡々と言う。

「見物の野次馬が死体を見て、口々に、あれこれ言うはずだ。じっと聞き耳を立てていろ。そのうち誰かが、

『おい、この女、〇〇じゃねえか』

などと気づくはずだ。

その人間をとっ捕まえ、首に縄をかけてでも、拙者のところに連れてこい」

辰治がニヤリとした。

鈴木の意図がわかったのだ。地道な聞きこみなどしなくても、居ながらにして死体の身元を探ろうという策だった。

女の死体が赤ん坊を産んだという怪奇譚はたちまち広がり、大勢が押しかけてくるに違いない。そうした連中の好奇心を利用する、深謀遠慮といってよかろう。

「へへ、わっしが戻ってくるころには、死体の身元は知れているでしょうな。おい、金さん、あまり見物人が多いようだったら、ひとり十三文の木戸銭を取るのはどうだね」

辰治がニヤニヤしながら、出ていく。

鈴木は金蔵ひとりを残し、昭介と又右衛門とともに講釈場に向かう。

途中で、鈴木が昭介にささやいた。

「物見高い連中が、こちらをうかがっておるぞ。そのほう、誰かにこっそり、死体が赤ん坊を産んだと、耳打ちしてやれ。ほかでは言うなよと、念を押すのを忘れるな」

二

看板には筆太に、

辻講釈
神田耕運斎

と書かれていた。

辻講釈は本来、路傍で軍談や講談などを演じ、往来の聴衆から銭をもらう大道芸である。

だが、辻講釈と銘打ちながらも、いちおう寄席の体裁になっていた。葦簀で囲われた場所の奥に、演台がもうけられている。講釈師の高座であろう。

同心の鈴木順之助は看板を見て、今日の講釈師は神田耕運斎と知ったが、あいにく講釈には疎かった。

（『三国志』か『太平記』か、それとも……）

だが、昭介に演目を尋ねるまではしなかった。

葦簀囲いの内側には、地面に数脚の床几が置かれている。

床几に座れない客は、立ったまま傾聴するのであろう。人気のある演目のときなど、まさに立錐の余地がないに違いない。

鈴木が床几に腰をおろすと、昭介がさっそく煙草盆をそばに置いた。

「手伝いの婆さんがまだ来ておりませんので、お茶も出せませんが」

「気にすることはない。

まあ、ふたりとも座ってくれ」

又右衛門と昭介が、やや離れた床几に腰をおろした。

鈴木はまず煙草盆の火入れの炭火で、煙管の煙草に火をつけながら、

（女の身元がわかりさえすれば、あとは簡単だ）

と、内心でつぶやく。

これまでの経験から、女が殺された場合、たいていは夫か元夫か、恋人か、痴情関係にある男の犯行である。そのため、女の身元がわかりさえすれば、事件はほぼ解決したのも同然だった。

殺された女の男関係を探れば、すぐに怪しい者が浮かびあがってくるのだ。

ただし今回は、女の身元を突き止めるには、死体見物に詰めかける野次馬に頼るつもりである。そのためにも、多くの野次馬に集まってもらわねばならなかった。

「楊弓場の主人は、どんな男だ」

鈴木はとりあえず、周辺から探っていくことにした。

昭介が答える。

「松井松兵衛といいまして。本名かどうかはわかりませんが。年のころは四十前くらいでしょうか」

「女の死体があった部屋に住んでいたわけではないのか」

「へい、あそこに住んでいたわけではございません。住まいは湯島天神の門前と聞いたことがございますが、くわしいことは知りません。女房子どもがいるようでしたが」

「ふうむ」

鈴木は、部屋に生活感がなかったことを思いだした。

ひとりはもちろんだが、まして親子で住むなど、とうてい無理であろう。では、なんのために、わざわざ楊弓場の奥に座敷を作っていたのか。

このあたりに謎を解く鍵（かぎ）がある気がしたが、鈴木は尋問を急がない。搦手（からめて）から迫っていく。

今度は、又右衛門に問いかけた。

「松兵衛はなぜ、行方をくらませたのか」

「たちの悪い借金があったのかもしれません。楊弓や矢など、大事な商売道具がそのままになっておりましたな。よほど急いでいたと言いましょうか、あわてていたと言いましょうか。それで、あたくしは夜逃げと見たのですがね。

賭場（とば）の借金か、高利貸の借金か、どちらにしろ、取り立てのやくざ者に脅（おど）されていたのかもしれません」

「ふうむ、なるほどな。

すると、雇われていた矢場女はどうしたのか」

「四、五人、いたかと思いますが。松兵衛さんが姿を消したのと同じくらいに、女たちも姿を見せなくなりました」

昭介が答える。

鈴木は楊弓場の内部を思い浮かべた。

「ほう、矢場女は四、五人もいたのか。あの広さで、多すぎる気がするがな。そもそも、女の死体があった奥の座敷は、なんのためなのか。そのほう、知っているはずだな」

「いえ、あたしは、なにも……」

昭介は、いったんは、とぼけようとした。

鈴木がひたと昭介を見つめる。

その眼光は、それまでとは別人の鋭さだった。

「おい、隠し事をすると、ためにならんぞ。
その件で、そのほうらを、どうこうするつもりはない。それは約束しよう。
正直に申せ」

昭介はちらと、隣に座った又右衛門の顔をうかがう。やはり親方の意向が気になるらしい。

又右衛門は黙然として、目を合わせようとしない。

その無表情を、昭介は了承と理解したようだ。

頭を掻く仕草をしたあと、昭介がしゃべりはじめた。

「へい、お見通しのとおりでしてね。

矢場女は、あの奥座敷で客を取っていたのですよ」

「ほう、女郎屋まがいの商売をしていたのか。どういう仕組みだ」

「客は楊弓をしながら、女を物色するわけです。気に入った女がいると、片隅に座っている松兵衛さんに、そっと告げればよいのです。

『いま、矢を拾いにいっている女を頼むぜ』

というわけですね。

すると、松兵衛さんがその女に声をかけ、ふたりは奥の座敷に行くというわけでして」

「ふうむ、客の男は女の尻にそそられるわけか」

鈴木は、さきほどの辰治の言葉を思いだした。

岡っ引は世情に通じているだけに、辰治は矢場女が客を取っているのを知っていたのであろう。もしかしたら、かつて自分も経験していたのかもしれない。

(辰治め、食えないやつだ)

内心で苦笑したあと、鈴木が質問を続ける。

「いくらくらいなのか」

「さあ、あたしも、くわしいことは知らないのですが。親方、どうですか」

昭介が又兵衛のほうを向いた。

話題が微妙になってきたため、かかった鉤（はり）から逃れたい気分らしい。

それまで素知（そし）らぬ顔をしていた又兵衛も、ここに至り、口を開かざるをえなくなったようだ。

「へい、あたくしの知っているかぎりでございますがね。いま岡場所（おかばしょ）の女郎屋（じょろうや）ですと、女郎の揚代（あげだい）は、昼間は六百文が相場だそうです。

しかし、楊弓場は女郎屋ではありませんし、矢場女は女郎ではありません。矢場女が客の男と寝るのは、あくまで素人（しろうと）が転ぶのです。そんなわけで、六百文より高いでしょうな。

松兵衛は、矢場女と客の男に奥の座敷を貸しているだけ、というわけです。まあ、これは建前ですがね」

「ふうむ。しかし、松兵衛はただで座敷を貸していたわけであるまいよ」

「もちろん、ただではありません。客からもらった金は、松兵衛と矢場女でほぼ折半（せっぱん）だったようです。

女にしてみれば、いい商売だったと思いますな。矢場女としての給金のほかに、自分の働き次第で実入りがあるわけですから」

「なるほどな」

鈴木は、又右衛門の『ほぼ折半』という表現を聞き逃さなかった。

要するに、又右衛門もピンはねをしていたことになろう。つまり、女の取り分は半分以下だったのだ。

ただし、その点には言及しなかった。

「それにしても、『けころ』がいなくなったと思ったら、矢場女があとを引き継いでいたわけだな」

鈴木がやや感慨深そうに言った。

町奉行所の役人だけに、かつて山下で有名だったけころの事積は聞き知っていたのだ――。

山下はもともと、大火が発生したとき、徳川家の菩提寺である寛永寺への延焼(えんしょう)を防ぐ火除地(ひよけち)として、空き地になっていた。

この空き地に、いざというときはすみやかに取り払うという条件のもと、幕府は簡易な建物、いわば仮設店舗を建てるのを許可した。

これにともない、山下には各種の小屋が建ち並び、盛り場となった。

やがて、山下は岡場所としても有名になる。いつしか「けころ」と呼ばれる遊女を置いた女郎屋が林立したのだ。けころは、「蹴転ばし」の略だという。

岡場所のなかでも、山下は美人ぞろいとして知られ、人気があった。けころの最盛期は安永～天明期（一七七二～八九）で、女郎屋は合わせて百七軒あった。

女郎屋は二階建てで、間口は二間（約三・六メートル）。

一軒の女郎屋に二、三人のけころがいて、入口付近で顔見せをしていた。格子戸を開け放った入口の半畳の畳に、けころが座り、

「もし、寄りなせえし」

などと、通りを行く男に声をかける。

階段をのぼると、二階には、襖で仕切られた三畳から四畳くらいの部屋が並んでいた。

昼間の揚代は二百文。夜四ツ（午後十時頃）から、泊まり客を受け入れたが、揚代は食事なしで金二朱だった。

ところで、江戸で、幕府が許可した遊廓は吉原だけである。江戸の各地にあった岡場所は、違法営業だった。

本来なら、町奉行所は岡場所を取り締まらなければならないのだが、見て見ぬふりをしていた。下級武士や庶民の男の楽しみを、大目に見たと言おうか。

そのため、岡場所の女郎屋は非合法にもかかわらず、堂々と営業していた。

ところが、天明七年（一七八七）に松平定信が老中に就任し、寛政の改革と呼ばれる綱紀粛正を断行した。

綱紀粛正の一環として、定信は岡場所の根絶を命じた。非合法の存在は許さないという、断固とした方針だった。

定信の命を受けて町奉行所は、山下をはじめ岡場所をすべて取り払った。

その後、定信の失脚にともない、各地の岡場所はまたたくまに復活し、前にも増して繁盛した。要するに、需要があったのである。

もちろん、町奉行所は黙認した。

ただし、岡場所としての山下の復活はなかった——。

「山下の岡場所が取り払われたのは、四十年以上も昔だな。拙者が生まれる前だぞ。

しかし、山下から岡場所がなくなったのは表向き。女郎屋の代わりに楊弓場、けころの代わりに矢場女というわけか」

鈴木が言った。

だが、けっして咎める口調ではない。むしろ愉快そうだった。

又右衛門は同心の気さくさに安心したのか、

「へい、畏れ入ります」

と、ぺこりと頭をさげた。

三

「その葦簀の中だ。お役人のお調べがある」

金蔵の声がした。

野次馬のなかから該当者を見つけ、連行してきたようだ。

それにしても、金蔵の物言いには威厳がある。威張っていると言ってもよい。

金蔵の身分は中間にすぎないのだが、鈴木順之助の巡回や検使の供をするうち、いつしか虎の威を借りる術を身につけたようだ。まるで、町奉行所の配下の人間のような口ぶりだった。

胸を張って登場した金蔵のあとに、ふたりの若い男が従っていた。

「この者らが、女を知っているようでございます」

金蔵が、背後のふたりを示した。

ひとりは反っ歯で、頬骨が高かった。もうひとりは顔にあばたが目立つ。ともに下駄履きで、帯から手ぬぐいを垂らしていた。

ふたりはすぐに鈴木が役人とわかったようだが、そばにいる又右衛門と昭介の得体が知れないことに、かえって不安になったらしい。もじもじして、落ち着かない。

鈴木がふたりに、あいている床几を示した。

「おい、突っ立っていないで、腰をおろすがよい」

「へい」

ふたりはぺこりと頭をさげ、おずおずと床几に腰をおろした。

金蔵は成り行きを見届けるや、

「では、あたくしは戻ります。胡乱な野郎がいたら、また引っ立ててきますから」

と、意気揚々と死体の張り番に戻る。

鈴木がふたりに言った。

「まず、名を聞こうか」

「へい、左官の半六と申しやす」

「あっしは、いえ、あたしは左官の源三と申します」

反っ歯の男と、あばたの男がそれぞれ名乗った。

ふたりとも左官にしては、出職の職人のいでたちではなかった。そもそも、下駄履きでは左官仕事はできまい。

「今日は、仕事は休みなのか」

「へい、天気はいいのですが、普請場の都合で急に休みになってしまいまして。それで、ふたりで山下に遊びにきたようなわけで、へい」

半六が代表して答える。

反っ歯の男が兄貴分のようだ。

「なぜ、楊弓場に行ったのか」

「へい、近くまで来たところ、人がたくさん集まっていたものですから、

『おい、何事だい』

と、尋ねたんですよ。

するってえと、楊弓場の奥で、死んだ女が赤ん坊を産んでいるというじゃありませんか。まるで怪談話でしてね。

見ると、何度か遊んだことのある楊弓場でした。まあ、あたしらも、まんざら縁がないわけじゃあ、ありませんから。そんなわけで、ちょいとのぞいてみようかと、へい。

それで、ふたりで楊弓場の奥に行き、死体を見たのです。

いや、もう、ゾッとしました。

たしかに、女の股の間で、赤ん坊が死んでいました。死んだ女が赤ん坊を産み落としたわけでして、怨霊（おんりょう）と言うのでしょうか、悪霊と言うのでしょうか、芝居で観たことがありましたが、実際に見るのは初めてでして、へい」

「芝居の話は、あとでゆっくり聞こう。

それで、女が誰だかわかったのか」

「ひどいご面相になっているので、最初はわからなかったのですがね。こちらの源三が、女をまじまじと見ていたかと思うや、

『兄ぃ、もしかしたら、矢場女をしていたお弘(ひろ)じゃねえか』

と言いだしたのですよ。

そう言われて、あらためて見てみると、たしかに、お弘という女に似ていましてね。それで、ふたりで、

『うん、顔はだいぶ変わっているが、お弘に違いないぜ』

と、ひそひそ話をしていたところ、さきほどのお役人が聞き咎めて、

『おい、町奉行所の者だ。ちょいと詮議の筋がある。こっちに来い』

となりまして。

それで、まあ、こんなことになった次第で、畏れ入ります」

半六がぺこりと頭をさげた。

鈴木は笑いをこらえ、尋問を続ける。

「その、お弘という女は、隣の楊弓場で矢場女をしていたのか」

「へい、美人で愛嬌(あいきょう)があり、人気があったのですがね。一年ほど前、急に姿が見えなくなりまして。あたしが、

『おい、お弘ちゃんはどうしたんだい』

と、主人の松兵衛さんに尋ねたところ、

『玉の輿に乗ったよ。もう、こんなところにいるものか』

という答えでした」

「ほう、玉の輿に乗ったとは、どういうことか」

「あたしもよく知らないのですが、金持ちの囲者にでもなったのではないでしょうか。金のある人間にはかないませんよ」

半六がやや忌々しそうに言った。

聞き終えた鈴木が、ひたと源三を見すえる。

「そのほう、あの腐りかかった顔を見て、よくお弘とわかったな」

「へい、おでこの具合と言いますか、鼻の格好と言いますか、唇の形と言いますか、顎の尖り方と言いますか……どことなく似ているな、と思ったものですから、へい」

「楊弓場で女の尻を見ていただけでは、そこまで覚えておるまい。そのほう、奥の座敷でお弘と『ちんちんかも』をしていたな」

鈴木がずばりと言った。

「ちんちんかも」は性交の意である。

源三は帯にはさんだ手ぬぐいを取り、

「へい、まあ、何度か」

と言うや、顔の汗をぬぐった。

鈴木が視線を向けると、半六も手ぬぐいを手にしている。

「そのほうも、お弘とちんちんかもをしていた口か」

「へい、畏れ入ります」

半六も手ぬぐいで顔の汗をぬぐう。

鈴木が愉快そうに笑った。

「矢場女を買っていたことを咎めはせぬ。心配するな。それにしても、そのほうたちは『穴兄弟』だったわけだな。どちらが兄で、どちらが弟かはわからぬが」

半六と源三は恥ずかしそうに顔を伏せた。

一方、そばで聞いていた又右衛門と昭介は、鈴木の気さくな物言いに、意外そうな表情をしている。

堅苦しさのない鈴木に、ふたりは心を許してきたようだ。

鈴木がふたりに問いかけた。

「お弘という女を覚えているか」

「さあ、名前までは……」

又右衛門は首をかしげている。

昭介が思いだしながら言った。

「たしかに、お弘という女がいました。美人なので目についたのですがね」

「死んでいた女は、お弘か」

「さきほどは皆目わからなかったのですが、お弘だと言われると、そう見えなくもありませんね。へい、だんだん、そんな気がしてきました」

昭介はうなずき、ひとりで納得している。

そのとき、葦簀の外で声がした。

「先生、ここですよ。鈴木の旦那がお待ちかねですぜ」

＊

岡っ引の辰治にともなわれて、沢村伊織が現れた。

医師は剃髪している者が多いが、伊織は剃髪はせずに、総髪を後ろで束ねている。

黒羽織を着て、袴はつけない着流し姿だった。足元は白足袋に草履である。右手には竹の杖を持ち、左手に薬箱をさげていた。

「先生、ご足労をかけましたな。検分してほしい死体は、隣の楊弓場の奥にありましてね」

鈴木が腰をあげそうにする。

伊織は片手をあげ、相手をとどめた。

「親分の案内で、すでに検分してまいりました。野次馬が多いのには驚きましたが」

「ほう、そうでしたか。で、先生はどう見ましたか。死体が赤ん坊を産むなどあり得るでしょうか。それとも、誰かが細工したのでしょうか」

質問しながら、鈴木がさりげなく又右衛門と昭介の表情をうかがう。

ひそかに、ふたりを疑っていたのだ。

「臍の緒が女の体内につながっていたので、あの赤ん坊が女の体内から出たのは間違いありません。

しかし、死体が赤ん坊を産んだのではなく、外に押しだしたのです」

「どう違うのですか。同じことではありませぬか」

「女が死ぬと、当然、胎内（たいない）の胎児も死にました。その後、女の死体が腐敗することで、胎内の胎児を押しだしたのです。見かけ的には死体が出産したかのようですが、けっして死後の出産ではありません。

実際に見たのは初めてですが、オランダの医書で読んだことがあります。

――身重の女が死に、棺（ひつぎ）におさめた。数日後、事情があって棺を開いたところ、子どもを産んでいた、とか。

この現象は、けっして珍しいことではないのです。オランダ語の表現を日本語に訳すと、『棺内分娩（かんないぶんべん）』とでも言いましょうか」

伊織が丁寧（ていねい）に説明する。

要するに、腐敗によって体内にガスが充満し、子宮内の胎児の死体を押しだしたのである。

「ふうむ、珍しいことではないわけですな」

鈴木はいちおう納得した。

しかし、又右衛門と昭介、それに半六と源三は、死体が赤ん坊を産んだのではないという理屈が、よく理解できないようだ。四人は腑（ふ）に落ちない顔で、登場した医者を見つめている。

「死後まもなく発見されていたら、腹部の膨らみから、すぐに妊娠しているとわかったはずです。

ところが、死体が発見されたのは昨日ですね。かなり腐敗が進行し、全身が膨張していました。そのため、妊娠とわからなかったのでしょうね」

伊織の解説に、又右衛門と昭介がうなずいている。それぞれ、自分の失態(しったい)ではなかったと安堵(あんど)しているのかもしれない。

「死因ですが、手ぬぐいのようなもので絞殺(こうさつ)されたのは間違いありますまい。女の指……」

伊織がそこまで言ったところで、辰治が口をはさんだ。

「おっと、先生、ちょいと待ってください」

続いて、辰治は又右衛門と昭介の前に立った。

「すまねえが、両方の手の甲を見せてくんな」

まずは、不承不承という動きで差しだされた又右衛門の両手をつかみ、辰治は目を近づけて、手の甲(こう)を子細に点検していく。

続いて、昭介の両手の甲を調べた。

ふたりの手の点検を終えると、辰治は今度は半六と源三に言った。

「ついでだ、てめえらも手の甲を見せな」

やむなく、ふたりも両手を差しだす。

辰治は点検を終えたあと、

「よっし」

と、うなずく。

手の甲を調べられた四人は、みな気味悪そうな顔をしていた。

「先生、話の腰を折ってしまい、申しわけなかったですな。わっしの用件は、終わりやした。

続けてくださいな」

辰治にうながされ、伊織が話を再開した。

「女の手を検分したところ、両手の人差指と中指の爪(つめ)に血の痕跡(こんせき)がありました。おそらく背後から首を絞められたのでしょうね。女は巻かれた紐を外そうとして、必死の抵抗をしたはずです」

伊織が女の立場になり、両手で、背後の絞殺者に抵抗する身振りをする。

「こうやって抵抗する際、男の手の甲を爪で掻きむしったと思われます。

必死の抵抗ですから、かなり傷は深かったはず。そのときの血が、爪に残っていたのです。男の両手の甲、あるいは片手の甲には、かなりの傷跡があるはずです。

このことは、さきほど、親分には告げていたのですがね」

鈴木は、辰治が又右衛門や昭介らに先手を打ったのを知り、

「ほう、なかなかやるな」

と、笑った。

一方、伊織のほうは自分が勇み足をしそうだったのを理解し、やや恥じているようである。

かたや、手の甲を調べられた四人は、自分たちが疑われていたのだとわかり、動揺している。

又右衛門が皮肉たっぷりに言った。

「親分、あたくしにもお疑いがかかっておったわけですか」

「かかわりのあった人間は、すべて疑う。おめえさんも例外ではなかったということさ。

それにしても、疑いが晴れてよかったじゃねえか」

「ええ、まあ。あたくしは猫を飼っていましてね。ときどき、手をひっかかれることがありますから、そのあとでなくてよかったですな」

又右衛門が苦笑いをする。

いっぽう、昭介はゾッとしているようだ。たまたま手の甲に傷があったりしたら、自分が疑われたと悟ったのであろう。

「もう一点、気づいたことがあります」

伊織が話を再開する。

懐紙を開き、鑷子(せっし)と呼ばれるピンセットで藁屑(わらくず)をつまんで見せた。さらに、薬箱から虫眼鏡を取りだして、藁屑を子細に観察できるようにした。

「死体のあちこちに、藁屑がついていました。最初は、かぶせていた筵から落ちたと思ったのです。ところが、背中にも藁屑が付着(ふちゃく)していました。

死体は仰向けで、上から筵をかぶせていました。背中に藁屑がつくのは妙です。そこで、あらためて虫眼鏡で藁屑を調べたのです。その結果、藁屑に二種類あるのがわかりました」

伊織が藁屑と虫眼鏡を渡す。

鈴木は虫眼鏡で、懐紙の上の藁屑を観察した。

「たしかに、形が違いますな」

「ひとつは、あきらかに筵から落ちたものです。もうひとつは、筵ではありません」

「では、なんでしょうな。先生は、なんだと思いますか」

「俵(たわら)ではないでしょうか」

鈴木が大きくうなずく。

「よし、これでわかった。お弘は別の場所で殺され、俵に詰められて、あの座敷に運びこまれたのであろう。これで、履物がなかったのも説明がつく」

辰治も自分の指摘に説明がつき、満足そうだった。

一方、半六と源三は、伊織が取りだした鑷子や虫眼鏡を、ぽかんとした顔でながめている。

そのとき、年配の女が現れた。葦簀の内側に七人もの男がいるのを見て、

「おや、まあ」

と、驚いている。さきほど昭介が言っていた「手伝いの婆さん」であろう。

「ちょいと、茶を頼むぜ」

つかなかった。

「へい、かしこまりました」

女が片隅のへっついで火を熾しはじめた。

これから火を熾し、湯を沸かすのだから、茶が出るのはいつになるか、見当がつかなかった。

鈴木は煙管で煙草を一服し、

「さて、殺されたのは、一年ほど前まで矢場女をしていた、お弘という女らしい。なぜ身重になって殺され、もとの楊弓場に死体を放置されたのか」

と、疑問をまとめた。

辰治が半六と源三をねめつける。

「てめえら、お弘がどこに住んでいたか、本当に知らねえのか」

「へい、なにも知りません」

半六と源三が首を横に振る。

鈴木が昭介に言った。

「てめえは楊弓場の隣だ。お弘のほかに、覚えている矢場女はいないのか」

「へい、顔はときどき見ていましたし、名を呼びあっているのも聞きましたので、なんとなく覚えてはいるのですがね。とくに話をしたわけではないので、くわしいことは知らないのですよ」

「矢場女は四、五人もいたのだ。なにか知っているだろう。思いだせ。思いださないかぎり、講釈場は開かせないぞ」

鈴木が無理難題を言った。

しかし、こうした無理難題を吹っかけられ、相手が苦しまぎれに答えたことが意外と役に立つこともあるのだ。

昭介は弱りきっていたが、ようやく記憶を絞りだした。

「そういえば、お六とかいう矢場女がいたのですがね。あたしが、たまたま五条天神の近くを歩いていると、

『おや、講釈場の小父さん』

と、声をかけられましてね。

見ると、お六でした。手ぬぐいと糠袋を持っていたので、湯屋の帰りのようでした。

『おや、お六ちゃんか。この近くに住んでいるのかい』

『ああ、そうだよ』

と、まあ、ただ、それだけのことなのですがね」

「ふうむ、それは、いつのことか」

「二、三か月前でしょうか。そういえば、お六は浴衣姿だったので、夏でしたね」

「ふうむ。ところで、五条天神はどこにあるのか」

鈴木の疑問には、辰治が答える。

「旦那、五条天神は山下のすぐ近くですぜ。おそらく、お六は五条天神のあたりの長屋に住んでいるに違いありません。楊弓場に通うのには、便利だったでしょうな」

「よし、これまでに判明したことを整理しよう。

・殺されたお弘は、一年ほど前に矢場女を辞め、富裕な男の妾(めかけ)になったらしい。
・お弘は絞め殺されたあと、俵詰めにされ、楊弓場に運びこまれた。
・四、五日前から姿を見せない楊弓場の主人、松井松兵衛は湯島天神の門前に住んでいるらしい。いまも住んでいるかどうかは、わからぬがな。
・矢場女のひとりのお六は、五条天神の近くに住んでいるらしい。これも、いまも住んでいるかどうかはわからぬが。

ということなので、おい、辰治、あとは頼むぞ」

鈴木が床几から立ちあがり、大刀を腰に差す。

阿吽の呼吸で、辰治が答える。

「へい、あとは、お任せを」

「先生、ご苦労でしたな」

鈴木が伊織をねぎらう。

まさに、一件落着の雰囲気である。

又右衛門は鈴木が立ち去りそうなのを見て、あわてて言った。

「ところで、死体はどうしたらよろしいのでしょうか」

「町役人と相談して、町内の責任で葬ってやれ」

鈴木の返答は素っ気なかった。

又右衛門が渋面を作る。

なにか反論しそうな気配を見て取り、鈴木がきっぱりと言った。

「お弘をはじめ、矢場女には、てめえもそれなりに稼がせてもらったろうよ。せめて、早桶に詰めて寺に運ぶくらいはしてやれ」

自分が矢場女からかすりを取っていたのを見抜かれているとわかり、さすがに又右衛門もしゅんとなった。

「へい、かしこまりました。ところで、お弘と赤ん坊と、弔いはふたつ出すことになりましょうか」

これには、さすがに鈴木も返答に窮した。

伊織がそばから言った。

「さきほど説明したとおり、出産ではないので、赤ん坊ではありません。いわば、体内の内臓がはみ出たのと同じです。ですから、同じ早桶におさめてよろしいでしょう」

「よし、先生の考えに従おう。同じ早桶に詰めればよい。弔うのは、あくまでひとりじゃ。

さて、これで終わりとしよう」

鈴木が言い放った。

これから、又右衛門と昭介は、お弘の死体の始末をする。

鈴木は供の金蔵を従え、次の自身番に巡回に向かった。

伊織は辰治と肩を並べて講釈場を出たあと、途中で別れた。伊織は下谷七軒町の家に戻り、辰治は五条天神をめざす。

けっきょく、老婆が用意する茶は間に合わなかった。

四

五条天神の手前に、紫蘇飯（しそめし）で有名な伊勢屋（いせや）がある。二階建ての大きな建物は、五条天神の鳥居（とりい）が小さく見えるほどだった。

軒先（のきさき）に掛けられた暖簾（のれん）には、紺地（こんじ）に白く、

志そめし
伊勢屋

と染め抜かれていた。

表通りに面した店先に、大きな鮃（ひらめ）と茹蛸（ゆでだこ）がつるされている。

（今日ばっかりはな）

岡っ引の辰治は内心、苦笑した。

紫蘇飯は、塩で揉んだ青紫蘇を温かい飯に混ぜたものである。なまじ飯に色がついているだけに、さきほどの腐乱死体の情景が脳裏に浮かぶと、食べている途中でゲーッと吐きかねなかった。

そんなことを想像しているだけで、吐き気がこみあげてくる。

辰治は記憶を振り払うように、首を横に振った。

(ともかく、紫蘇飯を食う気分じゃねえや)

伊勢屋の前を素通りし、裏長屋に通じる木戸門を探す。

すぐに、髪結床と紙問屋の間に木戸門があるのに気づいた。

しばらく立って待っていると、赤ん坊を背中におんぶした、二十代初めの女が、木戸を抜けて路地から通りに出てきた。

手には笊を抱えている。買い物にいくところらしい。

「おい、ちょいと聞きたいことがある」

「え、なんでしょう」

女の目に恐れがある。

辰治の風貌や物言いは、どうしても相手に威圧感を与えるようだ。

袷の羽織を着ていたが、縞の着物は尻っ端折りして、紺の股引を穿いていた。足元は黒足袋に草履である。

辰治は、ふところに入れた十手を取りだして見せるまでもない、と思った。

「お上のご用を仰せつかっている者だ。この長屋の者か」

「へい、さようです」

「長屋に、お六という女が住んでいるか」

「お六さんですか、さあ、聞いたことがありませんね」

「山下の楊弓場で、矢場女をしていた女だがな」

「あたしは、こちらに三年ほど住んでいますが、聞いたことはありませんね」

「ふむ、そうか」

そのとき、背中の赤ん坊が泣きだした。

辰治は言葉をかけようかと思ったが、やめておいた。以前、ぐずりだした赤ん坊をあやそうとして、かえって激しく泣かれてしまうという、苦い経験があったのだ。

「ありがとうよ」

あっさり、引きさがる。

辰治はとくに落胆もしない。

収穫がないことには慣れていた。聞きこみでは、「骨折り損の草臥れ儲け」に終わるのが普通なのだ。

その後、三か所の長屋で尋ねたが、お六という女は見つからなかった。

五つ目の木戸門だった。

さすがにちょっと疲れてきたし、場所も五条天神からはかなり離れている。

(ここが五条天神の近くとは、ちょいと言いがたいがな)

しかし、辰治はいちおう、あたってみることにした。

木戸門から住人が出てくるのを待つまでもなく、門のすぐ内側の路地で、十歳くらいの女の子が立ち話をしていた。

それぞれ、背中に赤ん坊をおんぶしている。幼い弟か妹の子守をしているのであろう。

「おい、ちょいと教えてくんな」

いかつい初老の男に声をかけられたにもかかわらず、女の子にはさほど怯える様子はない。やはり、友達とふたりだからであろう。

「この長屋に、お六という女はいるかい」

「いるよ」

ひとりが言った。

辰治は弓を引く真似をした。

「楊弓という、こんな遊びの場所で働いていたかい」

「うん」

「小父さんは、その楊弓のことで、お六ちゃんに話を聞きにきたんだがね。住んでいるところを教えてくれないか」

「うん、いいよ、こっちだよ」

女の子ふたりが先に立って歩く。

辰治はドブ板を踏みしめ、路地を奥に進んだ。

両側には、二階長屋が続いていた。

天秤棒(てんびんぼう)で荷をかついだ豆腐屋(とうふや)とすれ違う。

どこやらから、女の怒鳴り声が聞こえてきた。

「この親不孝者め。誰のおかげで大きくなったと思っているんだい」

「いくらおっ母さんでも、いやなものはいやだよ」

「親に向かって、なんて口をきくんだ」

親子喧嘩のようである。

というより、母親のほうがいきりたち、一方的に怒鳴っているようだ。近所に丸聞こえなのだが、まったく頓着していないようである。

「ここだよ」

ふたりの女の子が指さしたのは、まさに怒鳴り声がする部屋だった。

辰治は財布から四文銭や一文銭を数枚、取りだした。

「ありがとうよ、これで飴玉でも買いな」

ふたりの手に等分に握らせる。

女の子は顔を見あわせ、嬉しそうに笑った。赤ん坊をおんぶしたまま、さっそく飴を買いにいくのかもしれない。

＊

女の子ふたりが去ったあと、辰治はやおら、開け放たれた腰高障子の前に立った。

「ごめんよ」

だが、怒鳴り声はやまない。

「世間には、女郎に身売りをしてまで母親に親孝行する娘もいるんだよ。おめえも、少しは見習うがいい」

辰治は敷居をまたいで、土間に足を踏み入れた。

裏長屋の構造は、どこもほぼ同じである。せまい土間の右手にへっついがあり、釜や鍋が置かれていた。

土間をあがると、八畳ほどの畳の部屋で、行灯と米櫃が目についた。もちろん、行灯にはまだ火はともっていない。

部屋の左手に、二階に通じる急勾配の階段があった。

さすがに辰治の姿に気づき、怒鳴り声はやんだ。

ハッと、我に返ったと言おうか。

母親は四十代であろう。顎が尖り、どことなく蟷螂を連想させる容貌だった。小柄で、手足も細く、この華奢な身体のどこから怒号が発せられるのか、不思議だった。いったん逆上すると、もう見境がつかなくなるのかもしれない。

一方の、二十一、二歳の女が娘で、お六であろう。化粧っ気がなく、髪も乱れていたが、色白で、鼻筋の通った顔立ちだった。

「取込み中だったかな」

辰治は皮肉たっぷりに言うと、ふところから十手を取りだして見せた。

母親はそれまで、目を憤怒でギラギラさせていたのだが、

「ちょいと娘とふざけていたんですがね。この子があまり馬鹿なことを言うので、あたしも怒ったふりをしたりしていました」

と、いつしか頬に笑みすら浮かべている。

その豹変ぶりに、辰治もいささか呆れた。

突っ立ったままというわけにもいかないので、

「お上のご用を務める、辰治という者だ。ちょいと、座らせてもらうぜ」

と、上框に腰をおろす。

「おや、せっかくのお召し物が。汚いところで、申しわけありませんね。あたしは、崎と申します。あたしに、なにかご用ですか」

さきほどの怒号が信じられないくらいの、甘ったるい声だった。

「あいにく用があるのは、おめえさんではない。

おめえが、お六か」

「へい、さようですが」

娘は返事をしたが、まだ顔が強張(こわば)っている。

「おめえのことは、講釈場の亭主(ていしゅ)に聞いたのだがね」

「ああ、そうでしたか」

「母と娘のふたり暮らしか」

その辰治の問いかけに、お崎が答える。

「へい、あたしは亭主に先立たれましてね。いまや、娘のお六だけが頼りなのですが、親をなんだと思っているのか。親分からも、言い聞かせてくださいな」

辰治はお崎の言い分を聞きながら、おおよそ状況がわかる気がした。

お六は矢場女をして、母親のお崎を養っていたのだ。

女中奉公や下女奉公はすべて住み込みだが、矢場女は通いである。しかも、別途な収入もあるため、裏長屋に同居して母親を養っていけたのだ。

ところが、お六は矢場女の職を失った。

お崎としては、気が気でないのであろう。いざとなれば女郎屋に売るとまで脅(おど)して、早く娘を働かせたいのに違いない。

世間には娘を食い物にする親が少なくないのは、辰治も知っていた。お崎はそんな親のひとりであろう。

母親の話に付き合っていては切りがないので、辰治はお六に言った。

「楊弓場の主人の松兵衛について聞きたい。松兵衛の姿が見えないが、どうしたのか」

「五日ほど前だったと思うのですが、お昼過ぎくらいだったでしょうか、お武家さまが突然、現れまして、

『松兵衛は、そのほうか。ちょいと来てもらおう』

と言うや、引っ張っていってしまったのです。

もう、否応なしでした。あたしらは最初、お役人かと思い、あわてて隠れたのです。ですから、よくわからないのです」

「なるほどな」

辰治は無理もないと思った。

お六ら矢場女は、楊弓場の実態が役人に知れ、「隠し売女稼業」として主人の松兵衛が召し捕られたと思ったに違いない。

そのため、みなとっさに身を隠すのが精一杯で、松兵衛どころではなかったのだ。

また、辰治は、

(武士がかかわっているとしたら、ややこしい事態になるかもしれないな)

という予感があった。

「そのあと、みなでそっと楊弓場から出て、家に帰ったのです」

「それからは、楊弓場には行っていないのか」

「じつは、気になったので、翌日、こっそり様子を見にいったのです。すると、やはり気になったのか、矢場女をしていたお品ちゃんも様子を見にきていました。それで、ふたりで中に入ってみたのですがね」

「楊弓場はもぬけの殻で、松兵衛はいなかったわけか」

「へい。でも、誰かが無断で入りこんだような跡があって。気味が悪くなったものですから、けっきょく、そのまま帰ったのです。それ以来、楊弓場には行っていません」

「そのとき、奥の座敷はのぞいてみたか」

「いえ、なんとなく怖かったので、奥までは行きませんでした」

「松兵衛からは音沙汰なしか」

「お品ちゃんが、家は湯島天神の門前らしいというので、ふたりで行ってみたの

です。あちこちで、

『松兵衛さんの家はどこか、わかりませんか。山下で楊弓場をやっている人なんです』

と尋ねましてね。ようやく探しあてたのです」

「ほう、でかした。おめえ、岡っ引の手下になれるぜ」

「家には、おかみさんと、十歳と七歳くらいの子どもがいました。逆に、おかみさんから尋ねられましてね。

『亭主が家に帰ってこないんだよ。女と駆け落ちしたのではないかと思うんだが、おまえさん、心あたりはないかい』

ですって」

「ほう、すると、松兵衛はお武家に連れ去られたまま、ということになるな。ふうむ。

念のため、松兵衛とお品の家を教えてくれ」

お六が場所を説明していると、お崎が茶と煙草盆を辰治の前に置いた。

（やっと出たか）

辰治は内心でつぶやき、煙管の煙草に火をつける。

「ところで、かつて矢場女をしていた、お弘という女を知っているか。玉の輿に乗ったとかいう噂があるが」

「ちらと噂を聞いたことはありますが。会ったことはありません」

「どんな噂だ」

『見初められて、お大名だか、お旗本だかの妾になったとか。松兵衛さんが、『だから、客人はおろそかにしてはいけないよ。矢場女でも玉の輿に乗ることができるんだからね』

と、説教したのを覚えています」

「ほう、そうだったのか。

じつは、そのお弘のことで、おめえを訪ねてきた。

お弘は殺されたぜ。おそらく、松兵衛が姿を消したのと同じころだろうな。死体があったのは、おめえもよく知っている、楊弓場の奥の座敷だ」

「えっ」

と言ったきり、お六は絶句している。

顔面から血の気が失せていた。

「なにか、心あたりはねえか」

「いえ、ありません。会ったこともないのですから。あたしがあそこで奉公をはじめたとき、お弘さんはもういませんでしたので。

するとあたしとお品ちゃんが楊弓場に行ったとき、奥座敷でお弘さんは死んでいたのでしょうか」

「かもしれないな。四、五日前だとすると、死体があってもおかしくはない」

お六が両手を前にまわして、自分の身体を抱きしめる。

震えが止まらないようだ。

そんなお六を見て、辰治は赤ん坊の話はやめておいた。

お崎がふたたび口を開く。

「矢場女がみな殺されるわけじゃないよ。そんなことで矢場女をいやがりなさんな。

それはそうと、妾はどうかと思うんだがね。親分、どうでしょうか」

「わっしに相談されても困るがな。

しかし、まあ、女郎になるよりは、いいんじゃねえのか。ここに住んでいて商売ができるからな」

そう言いながら辰治は、蘭方医の沢村伊織がかかわった事件を思いだした。

裏長屋で、安囲いと呼ばれる妾稼業をしていた女のもとで男が腹上死し、伊織が検死をした。それがきっかけで、巾着切りや泥棒が、大々的に召し捕られたのだ。

そのとき、伊織から、妾を斡旋する口入屋の話も聞いていた。

「たしか、駿河屋と言ったな……。うむ、駿河屋だ。芳町に、駿河屋という口入屋がある。駿河屋では妾を斡旋してくれるそうだぜ。そこにあたってみてはどうだ」

「へいへい、それはいい話ですね」

お崎はもう、その気になっている。

辰治が見ると、お六もさほどいやがっている様子はない。

お六にしても、いつまでも遊んではいられない。金を稼ぐ手段を見つけねばならないのだ。

不特定多数の男と寝なければならない遊女より、特定の旦那の相手をすればよい妾稼業のほうが、はるかに楽に違いない。

「いい旦那が見つかるといいがな」

そう言いながら、辰治は腰をあげた。

第二章　戯作者

一

「病気でも怪我でもなく、いたって健康なのですが、よろしいでしょうか。この長屋に住んでいる者です」

訪ねてきた若い男は、縞（しま）の着物の着流し姿だった。

長屋の住人と称していたが、商人や職人には見えなかった。

二十代の初めで、沢村伊織より五歳ほど下であろうか。端整な顔立ちで、なにより目に才気があふれている。

「もう、患者は来ないようですから、よろしいですぞ」

伊織は男に、あがるよう勧めた。

須田町の裏長屋で伊織が一の日、つまり一日、十一日、二十一日に開いている診療所である。

男は土間に下駄を脱ぎ、八畳の診察室兼待合室にあがってくると、伊織の前で威儀を正した。

「しゅんこうと申します」

「しゅんこう……どんな字を書くのですか」

「宋の蘇軾——蘇東坡のほうが有名かもしれませんが、蘇軾の詩に、

　人は秋を悲しと言うも　春は更に悲し

という一節がありましてね。じつはこれから採りまして、『春は更に』の『春更』といいます」

名乗りながら、照れたように笑った。

伊織は漢方医の家に生まれ、英才教育を受けたため、子どものころから漢籍には親しんでいた。しかし、読んだ本はもっぱら儒学と、医術や薬草に関する書物だった。

詩文には縁がなかったし、もちろん蘇軾の漢詩も読んだことはなかった。

「ほう、すると、春更は号ですな。大家の茂兵衛どのに、長屋に若い戯作者が住んでいると聞きましたが、そなたでしたか」

「お恥ずかしい次第です。戯作者を志しているというだけでして。いまは、筆耕をして糊口を凌いでおります」

話を聞きながら、伊織は春更の手の指に墨がついているのに気づいた。直前まで、書き物をしていたに違いない。

木版印刷の場合、書肆（出版社）は戯作者の書いた原稿を受け取ると、それを筆耕に渡す。

筆耕は、彫師が彫りやすいように文章を配置し、文字を読みやすい字で清書して、版下を作る。

その版下を、彫師は木版に貼りつけ、文字を彫っていくのだ。

下請け作業とはいえ、筆耕は有名な戯作者の生原稿を手にすることになる。

また、戯作者の書いた生原稿は残るが、筆耕が書いた原稿は彫りとともに消えるため、跡形も残らない。その意味では、まったくの下請けだった。

「先生のお噂は、かねがねうかがっておりまして、謦咳に接したいと存じながらも、気おくれいたしまして、曠日弥久、今日、乾坤一擲の決意で参上した次第です」

春更があらためて頭をさげた。

戯作者を志望しているだけあって、漢字の熟語はよく知っているようだ。しかし、学識を衒うのではなく、おどけているのがわかり、嫌味はない。

伊織は相手をながめながら、挙措の端々にどこか折り目正しいところがあるのに気づいた。幼いころからのしつけだろうか。

（武家の出身かもしれないな）

ふと、そんな気がした。

だが、屋敷を出て裏長屋で暮らしているとすれば、それなりに事情があるに違いない。その点には、伊織は触れないことにした。

「どういうご用件ですかな」

「じつは、数日前、山下で評判の見世物を観ましてね。死んだ女が赤ん坊を産んだという見世物です」

「えっ、見世物になっているのですか」

伊織は思わず驚きの声を発した。

生き馬の目を抜く世界とは言え、つい先日の事件を、興行師は早くも見世物に仕立てたことになろう。

相手が少なからぬ衝撃を受けたのを見て、春更は満足げに言葉を継ぐ。

「版下を納めにいったさきで噂を小耳にはさんだものですから、さっそく山下に見物に行ったのです。

見世物小屋の入口で男が、実際に山下の楊弓場で起きた怪異を再現したと、口上を述べていましてね。本当のことだと、強調しておりました。

木戸銭は二十四文で、通常より高かったのですが、それでも押すな押すなの大入りでした。噂が広がったからでしょうね」

「ほう、どんな見世物だったのですか」

「舞台に、胸に包丁が突き刺さったままの女が、血まみれで倒れていましてね。着物の裾がはだけ、股を大きく開いていて、その股の間に、臍の緒のついたままの赤ん坊が横たわっているという、おどろおどろしい光景でした。

もちろん、女は死んだふりをしているだけ、赤ん坊は張子なのはすぐにわかりましたが、つい最近、山下で実際に起きた事件というのですから、興味が募りましてね。

興行師に尋ねると、長崎で修業した沢村伊織という蘭方医が検分して、死体が出産したのを認めたのだと、堂々と答えるではありませんか。わたしは内心、『エッ』と叫びました。なんと、その蘭方医の名は、まさに長屋に出張している先生ではありませんか」

「そんなところで、私の名が出ているのですか」

伊織はやや腹立たしかった。

いつの間にか、自分の名が利用されている。それに、死体が出産したという誤解が広がるのも不本意だった。

ともかく、誤解だけは解いておきたい。

伊織は、女は刺殺ではなく絞殺だったことと、腐敗で体内にガスが発生し、子宮内の胎児の死体を押しだした現象であり、死後の出産ではないことを説明した。

「ほう、なるほど、そういうことですか」

春更はわかったような、わからないような返事をした。

しきりに考えをめぐらしている。思い迷っているようでもあった。

ふと、伊織は相手の真意が気になった。

「私を訪ねてきたのは、真相が知りたかったからですか」

「はい、もちろん、それはあるのですが。じつは、今回の事件を戯作に仕立てようかと考えていましてね。書きたいという気持ちが沸々と湧いてきたのです。これまでにない、斬新な戯作になる気がしましてね」

春更は熱をこめて語るが、伊織はじつのところ、戯作はほとんど読んだことがなかった。そのため、あまり関心もない。

本音を言うと、「戯作など、あんな馬鹿馬鹿しいもの」という気分なのだが、さすがに口にはしない。しかし、返事は素っ気なくなる。

「そうですか。戯作に仕立てるのはかまわんでしょうが、地名や人名は変えたほうが賢明ですぞ」

「はい、もちろん、そのつもりでおりますが。やはり、気になるのは、女はなぜ殺されたのか。そして、殺したのは誰かということです。ここを突き止めないと、戯作もできませんのでね」

「まあ、そうでしょうな」

「先生のお考えは、どうなのでしょうか」

「私は医者として検死をしただけです。殺した者を突き止めるのは、私の領分ではありませぬ」

「しかし、大家の茂兵衛さんに話を聞きましたよ。長屋のお近さんのところに通ってきていた男が腹上死した謎を、先生が見事に解決されたとか。

また、町奉行所のお役人に依頼され、死因が不明の死体の検分もされているとか」

「そんなことまで、しゃべっていたのですか」

「これからも、いろいろとご教授願いたいのですが、先生がここにいらっしゃるのは一の日だけ。待ち遠しい気がします。

下谷七軒町のお宅にも、うかがってよろしいでしょうか。お邪魔にならないようにいたします。というか、弟子にしていただけませんか」

「え、弟子ですすと」

「弟子と言っても、わたしは医者の修業をするわけではありませんが。

先生が死体の検分におもむくとき、わたしは弟子として、薬箱を持ってお供をします。いろいろと学びたいのです。もちろん、戯作に生かすためですが。

弟子である以上、外出の供だけでなく、薪水の労もいといません。いかがでしょうか」

かなり唐突な、しかも調子のいい申し出だった。

しかし、伊織にしてみては、薬箱を持つ供がいなくなって困っているのも事実だった。

というのは、これまで助太郎という少年が検死に行くときの供をしていた。助太郎は、越後屋という本屋の長男である。

本人は嬉々として検死の供をしていたのだが、いよいよ元服することになり、そのあとは越後屋の若旦那として商売の修業がはじまる。もはや、伊織の供などできなくなったのだ。

「うむ、たまたまそういう機会があれば、供を頼みましょうかな」

なんとなく、伊織は受け入れてしまった。

春更の人柄に好感を持ったこともある。また、春更がどんな戯作を書くのか、興味があったこともある。

そもそも、伊織自身、謎解きは嫌いではなかった。というより、身重の女がかつて働いていた楊弓場でなぜ殺されたのか、その謎を解きたいと思っていた。この春更と組めば、これまでにない探索ができるかもしれない。

そんな予感があったのだ。

「そなたの気の向いたときに、下谷七軒町に来てよろしいですぞ。ただし、相手ができないときもあります。それは、あらかじめ承知しておいてくだされ」

「はい、ありがとうございます」

　春更が晴れ晴れとした笑顔になった。

二

　岡っ引の辰治が下谷七軒町の家を訪ねてきたとき、沢村伊織はちょうど往診から戻ってきたところだった。

　辰治は、伊織が自分で薬箱を手に提げているのを見て、怪訝そうである。

「おや、いつも薬箱をかついでいた、供の若い衆はどうしました」

「ああ、助太郎ですか。助太郎はもう供をすることができなくなりましてね」

　伊織が助太郎の事情を説明した。

　家の中にあがりながら、辰治が言う。

「そうでしたか。いい若い衆でしたがね。それは残念ですな。

では、蘭学を学んでいた、後家さんはどうしたのですか。お喜代さんと言いましたかね」

「お喜代どのも、しばらくの間は、難しいかもしれません。父親の体調がすぐれないそうでしてね。

店を続けるため、また婿を迎えるかもしれないと言っていました」

「ほう、再婚ですか。大店の娘で、あれだけの美人であれば、婿になりたい男はたくさんいるでしょうな」

「本人は、『あたしが絵を描くことや、先生のところに出向くのを許してくれる男を選びます』と言っていましたがね」

下女のお末が、茶と煙草盆を辰治の前に置いた。

辰治は煙管で、煙草を一服する。

「ところで、例の、楊弓場で死んでいたお弘という女の件です」

「山下で、見世物になっているそうですね」

「おや、先生の耳にも入っていましたか。まったく、転んでもただでは起きないというのは、連中のことでしょうな。先日、講釈場にいた、世話人の又右衛門という男が裏にいるようですがね。

鈴木の旦那に知らせたところ、

『目くじらを立てるまでもなかろう。又右衛門も死体の始末にそれなりに骨を折ったろうから、まあ、儲けさせてやるさ』

と、苦笑いしていましたがね」

同心の鈴木順之助は、見世物のいかがわしさに目をつぶったわけである。

伊織は、鈴木なりの配慮であろうと思った。一見、無責任のようでいて、物分かりのよい、人情味もある人間だった。

「ところで、先生、佐藤鎌三郎というお武家を知っていますか」

「さあ、心当たりはありませんが」

「わっしが、死んだお弘の調べで、矢場女だったお六や、お品という女、そして楊弓場の主人の松兵衛の家を訪ねまわっていたときです。

道で、若い男が横柄に声をかけてきましてね。

『そのほう、山下の楊弓場で見つかった、奇怪な死体のことを調べているようだな』

本来であれば、

『なんだ、てめえ。怪しいやつだ』

と一喝するところですがね。

見ると、羽織袴（はおりはかま）に大小の刀を差し、菅笠（すげがさ）をかぶったお武家でした。といっても、なんとなく、なよなよした男でしたがね。

とはいえ、お武家を怒鳴りつけるわけにもいきませんや。

『わっしは、南町奉行所の定町廻り同心、鈴木順之助さまに手札をもらっている者ですがね』

『ほう、さようか。じつは、いろいろ教えてほしいことがあるのだが』

『旦那は、どういうお方ですかい』

すると、その若いお武家は、

『拙者は、北町奉行所の与力・佐藤武吉郎（ぶきちろう）の弟で、鎌三郎と申す者じゃ』

と言うじゃありませんか」

「ほう、町奉行所の与力の弟だったのですか」

「わっしも、びっくりしやしたよ。

こちらが驚いているのを見て、あわてて、

『いや、これは兄の武吉郎に命じられたわけではないし、北町奉行所が動いているわけでもない。あくまで、拙者ひとりの考えでな。いわば独断じゃ。

そんなわけだから、気楽に話してほしい』

と言いましてね。

気楽と言われても、気楽とはいきませんよ。そこで、

『佐藤さまはなぜ、この事件に関心がおありなのですか』

と、問い返したのです。

すると、

『蘭方医の沢村伊織先生から、事件のことを聞かされてな。それで、謎を解きたくなったと言おうか』

と答えるではありませんか」

伊織は眉をひそめた。

記憶をさぐったが、思いあたる名前はない。

「う～ん、佐藤鎌三郎など、覚えがないですぞ」

「そうですか。わっしとしては、相手が相手だけに、無下に断るわけにもいきません。それに、先生の知りあいということでしたからね。

そこで、人通りの少ない場所に移って、そこで立ち話をしたのですがね。まあ、当たり障りのない部分と言いましょうか、ある程度まで話してやったのですよ」

「いきさつは、わかりましたが。しかし、さきほども言いましたが、私は佐藤鎌

三郎などという武士は知りませぬぞ」

伊織は見世物に続いて、またもや名前を利用されていたのを知った。腹立ちというより、今度は不安がこみあげてくる。

佐藤鎌三郎と称する武士の狙いはいったい、なんなのであろうか。

「ふ～ん」

辰治も首をひねっている。

土間に男が入ってきた。

「よろしいでしょうか。おや、診察中でしたか」

快活な声だった。

戯作者の春更である。

相も変わらぬ縞の着物の着流し姿で、手に風呂敷包を提げている。足元は下駄履きだった。

入口の声に、辰治が振り返る。

春更と辰治の目が合った。

ほとんど同時に、

「あっ」

と、ふたりが叫んだ。

すばやく辰治がふところの十手を取りだし、

「てめえ、よくも騙しやがったな」

と、飛びかかる構えを見せた。

その剣幕に、春更は逃げ腰になりながら、

「ち、違うんです。誤解です、いや、本当なのですが、違うんです。誤解がありまして、本当です」

と、しどろもどろの弁明をする。

「なにが誤解だ。武士を騙りやがって」

「と、ともかく、親分、話を聞いてください。先生、親分を止めてくださいよ」

そばで聞きながら、伊織も事情がわかった。

春更が武士を騙り、しかも自分の名前まで出していたと知ると、不信感が募る。

辰治が怒るのも、もっともだった。

「どういうことか、きちんと説明しなさい」

伊織の口調は厳しい。

辰治がまだ十手で殴りつける構えのまま、

「この男、先生の知りあいですか」

と、伊織のほうを振り向いた。

「私が診療所を開いている、須田町の長屋に住んでいる戯作者でしてね。まあ、知りあいと言えば知りあいですな」

「わたしは、先生の弟子でもありましてね。というか、弟子入りを申しこんだばかりですが」

あわてて春更が付け加える。

その懸命な表情に、思わず伊織はふっと笑いそうになった。

これこそ機転であろう。自分が伊織の係累であることを、どうにかして辰治に知らそうとしていた。

そう思うと、急に春更に対する疑念も薄れていく気がする。

とりあえず話を聞くことにした。

「まあ、あがりなさい。親分も振りあげた十手はおろしたようだから、殴られることはあるまいよ」

＊

緊迫した雰囲気をやわらげるように、下女のお末が春更の前に茶を出した。

「羽織袴と腰の大小は、損料屋から借りたのか」

辰治が、横に座った春更に言った。

まだ怒りはおさまっていないのか、横目で睨みつけている。

春更はひたすら恐縮の体だった。

「いえ、借り物ではなく、わたしの物です。いつもは、柳行李の中にしまいこんでいるのですが。

北町奉行所の与力・佐藤武吉郎の弟というのは本当でして、嘘ではありません。八丁堀の佐藤武吉郎の屋敷に問いあわせていただければ、鎌三郎という不肖の弟がいることがわかるはずです。

わたしは勘当されたと言いましょうか、屋敷を逐電したと言いましょうか。そのあたりは、恥をさらすことになってしまうので、申しあげにくいのですが」

「たとえ恥をさらすことになっても、事ここに至った以上、きちんと話してもらいますぞ」

伊織がなおも、厳しい口調で言った。

春更は、額に浮いた汗を手の甲でぬぐった。

「はい、わたしは佐藤家の三男坊です。佐藤家の家督は、長男の武吉郎が継ぎました。次男は幼いころに死んでおります。

兄といっても武吉郎は、わたしより十歳以上も上でしてね。また、わたしは弟といっても、異母弟でして。母は妾だったのです。

適当な養子の口もなく、みじめな部屋住みの一生を送るしかないと覚悟していたのですが、たまたま人に紹介されて筆耕をやってみたところ、なかなか筋がいいと褒められましてね。

褒められて調子に乗ったわけではなく、自分でもおもしろかったのです。性に合っていたと言いましょうか。しかも、それなりに金が稼げるわけですからね。また、筆耕の仕事は、戯作者の書いた原稿を正確に、きれいに書き写すわけですから、当然ながら中身を読みます。

そうやって仕事で戯作者の作品を読んでいるうち、自分も戯作を書きたくなってきたのです。

母が死んだことが、わたしの背中を押しました。もう、武家に未練はありません。佐藤家の屋敷の片隅で厄介者として生きるより、裏長屋に住んで戯作者になろうと思ったのです。

そんなわけで、わたしは須田町の長屋に住み、筆耕をしていました。

わたしが屋敷を出たい旨を告げても、兄はとくに反対はしませんでした。内心では、厄介払いできたと喜んでいたかもしれません。わたしの身の上は、その程度のものだったのです。

たまたま、先生が長屋で一の日に出張所をはじめ、いろいろ噂が聞こえてきて、わたしはお近づきになりたいと思っていたのです。

しかし、あいにく身体にはどこも悪いところがないもので、診察や治療を受けにいくわけにもいかず、きっかけがつかめずにいたところ、山下の奇怪な事件を小耳にはさんだわけです」

一段落したあと、春更が辰治に向かって頭をさげた。

「ところで、親分、ご挨拶が遅くなりましたが、わたしはいま、春更と名乗っております。これからは、春更とお呼びください」

辰治は挨拶を返すわけでもない。

なおも、仏頂面（ぶっちょうづら）で追及した。

「春更さんとやら、おめえさん、武士を捨てたようなことを言ったが、じゃあ、なぜ大小の刀や羽織袴を後生大事に持っていたのかね」

「もしかしたら、佐藤の屋敷に呼びだされることがあるかもしれないと思ったものですから。万一の時に備えて、いちおう一式を持っていたのです。

これが、今回、役に立ったわけですが」

「役に立ったとは、どういうことか」

今度は伊織が追及した。

春更が安堵（あんど）の色を浮かべる。やはり、伊織のほうが話しやすいのであろう。

「事件にかかわる者にわたしがあれこれ尋ねても、一介の筆耕ではまともに相手をしてくれそうもありません。そこで一計を案じて、武士の格好をすることにしたのです。

親分だって、わたしがいまの格好だったら、まともに相手にしてくれなかったでしょう」

ずばり反論され、辰治もたじたじとなった。

渋面（じゅうめん）を作りながらも、しぶしぶ認める。

「まあ、それはそうだがな。

　で、おめえさんは筆耕の身で、なぜ、お弘殺しに首を突っこむのかね」

「見世物の興行師に、講釈場の亭主が実際に死体を見たのだと聞き、訪ねていったのです。そのときは、武士のいでたちではなく、筆耕の姿でしたがね。

　講釈場の亭主は、昭介という男でした。

　わたしが三十二文を渡し、

『これは木戸銭です。おまえさんに、講釈を一席、お願いしますよ』

と頼むと、笑っていましたがね。それでも、知っていることをすべて話してくれました。

　殺されたのは一年ほど前まで矢場女をしていて、その後は玉の輿に乗ったらしいお弘、楊弓場の主人は行方不明、お六という矢場女が五条天神の近くに住んでいる、などですが。

　昭介さんの話を聞いて、わたしは閃いたのです。そして、調べる決意をしたのです。そのため、さきほど申したとおり、武士のいでたちにしたわけですが」

「閃いたというが、なんらかの目算があるのかい」

　辰治が皮肉っぽく問い返した。

春更がきっぱりと言う。

「はい、あるのです」

これには、伊織もいささか驚いた。はったりの一種ではないかと疑ったほどである。

辰治にしても、胡散くさそうな目で春更を見つめている。


茶で喉を潤したあと、春更が話しはじめた。

「じつは、わたしの母は昔、山下の茶屋で茶屋女をしていたのです。そのころ、父が見初めて、妾に迎えたわけですが。

茶屋女を屋敷に入れるのは幕臣の体面にかかわるというので、母はいったん呉服屋に養女に行き、呉服屋の娘として佐藤家の屋敷に奉公するという形をとったようです。屋敷で奉公しているうち父の目に留まり、情を受けて、わたしを懐妊した、という筋書きになるわけですね」

その語り口は淡々としていた。

これまでの年月で、肉親に関する感情を殺す術を身につけたのであろう。

「うむ、主人が奉公人に手を出し、妾にする。そして妻妾同居か。世間にはよくある話だがな」

辰治が評したが、その口調からはすでに怒りは消えていた。

伊織が確かめる。

「すると、お弘も同じような境遇ではあるまいか、ということか」

「はい、わたしの母は山下の茶屋女から、武士の妾になりました。お弘は山下の矢場女から……。

同じような状況だったのではあるまいかと、想像したのです」

「う～ん、これはお六に聞いたのだが、楊弓場の亭主の松兵衛は、武士に連れ去られたようなのだ、う～ん」

辰治がうなり、腕を組んだ。

眉間に皺が寄っている。武士の関与がほぼ確実になり、捜査の困難を予想しているのであろう。

「親分、春更どのの武士姿は、意外と効果的かもしれませんぞ」

伊織が言った。

この機をとらえ、春更が熱弁を振るう。

「どうでしょう、三人で力を合わせませんか。先生は蘭方医の立場から、親分は町方の立場から、そして、わたしは偽武士というわけです。三者が知恵を出しあって調べれば、きっと謎は解けるはずです」

「うむ、まあな」

辰治は煮えきらない返事をする。

やはり、新参者の春更がまだ信用できず、すぐには踏みきれないのであろう。

「とりあえず、やってみましょう。ここは、わかっているところをすべて開陳して、おたがいが共有するのが大事ですぞ。そのあと、これからの方針を決めるのはどうでしょうか」

伊織が提案した。

これは、かつて長崎の鳴滝塾で学んでいたとき、師のシーボルトに教えられた協同作業の進め方だった。

「そうですな。お武家のことは、春更さんに任せたほうがよいかもしれません。また、おたがいに知っていることを、隠さず知らせるのがいいでしょうな」

ついに辰治も納得する。

これから、かなり時間がかかると見て、伊織が下女のお末に言った。

「蕎麦を頼んでくれぬか」

「へい、かしこまりました」

さっそく、お末が盛蕎麦の出前を頼みにいった。

三

水面をみずみずしい葉で覆っていた蓮はすでに枯れ、あちこちに折れた枝が突き出ている。

見ていると、そんな枯れ枝のそばの水が、ときどき波打つように揺れる。大きな魚が泳いでいるに違いないが、魚影は見えない。

背景に上野の山の緑がなければ、ただの寒々とした光景であろう。

戯作者の春更は不忍池のほとりにたたずみ、水面をながめていた。

これから、矢場女だったお品を訪ねるつもりだった。

お品は、すでに岡っ引の辰治が尋問している。昨日、春更が自分も話を聞きたいと述べたとき、当然、辰治はいい顔はしなかった。岡っ引としての自分の仕事を軽んじられた気分だろうか。

だが、沢村伊織がなだめた。

「たいていの場合、春更どのでは門前払いされ、親分だからこそ話が聞きだせるはずです。しかし、親分に対しては怖がって口をつぐんでしまう人でも、春更どのには気を許し、口をすべらす場合もあるのではないでしょうか」

「うむ、まあ、岡っ引が嫌われ、いやがられているのは知っていますがね」

辰治が皮肉っぽく言った。

なおも伊織が説得する。

「駄目でもともとですよ。無駄足を踏むのは春更どのです、親分ではありません。なにか聞きだせたら、それこそ儲けものではありませんか」

「まあ、そうですな。先生がそれほどまでに言うのなら、試してみてもいいでしょうね。

じゃあ、春更さん、武士の格好で尋ねてみなせえ。精一杯、武張(ぶば)ったほうがいいでしょうな」

ついに辰治も納得し、お品の居場所を春更に教えた。

かくして、春更は不忍池のほとりに出かけてきたのだ。羽織袴で、腰には大小の刀を差し、菅笠をかぶっていた。

水面に向かって深呼吸をしたあと、春更は歩きだす。目指すは、池之端仲町(いけのはたなかちょう)の茶屋「大橋屋」である。

行楽の人出は少ないが、それでもあちこちに数人連れの男女が歩いていた。不忍池のほとりに多い、高級な料理屋で飲食を楽しむのかもしれない。

やや離れて歩いている若い男女がいた。一見すると、たまたま同じ方向に歩いているかのようである。だが、あきらかに連れだった。

不忍池の周辺には出合茶屋が多い。出合茶屋で密会する男女かもしれない。

春更は男と、そして女とすれ違った。男は二十歳前、女は十六、七歳であろうか。これからふたりが出合茶屋で睦みあうのを想像すると、春更はちょっと心が乱れた。

その茶屋は、不忍池に面して床几を配していた。柱に掛けられた掛行灯には、

おおはしや

御休所

と記されていた。

蓮の季節には床几に座って、水面に広がるあでやかな花を観賞できるのであろう。

床几のまわりには葦簀（よしず）が立てまわしてあるが、奥に家屋があり、座敷もしつらえてあるようだった。

大橋屋は、いわゆる「色茶屋」である。茶屋女が奥の座敷で客も取るのだ。このことは、すでに辰治から告げられていた。

春更は池のそばに立ち、茶屋をながめながら、ふと思った。

（母もこういう茶屋にいたのだろうか）

苦（にが）い気分と同時に、せつなさもこみあげてくる。感情の中には、幾分かの怒りも含まれているようだった。

なにに対する怒りなのか、自分でもよくわからない。

佐藤家の屋敷の中で、妾という境遇……母は日々、屈辱（くつじょく）を味わっていたに違いない。一方で世間的には、茶屋女が幕臣の妾になり、玉の輿に乗ったと羨（うらや）ましがられている。現実と世評との乖離（かいり）は苦しかったであろう。

春更自身、妾の子として、佐藤家で隠微（いんび）な差別待遇をしばしば味わったのではなかったか。

（もう、母はいない……）

感情の乱れをととのえるかのように、春更は静かに息を吐いた。

思いきって、葦簀の内側に足を踏み入れる。

「いらっしゃりませ」

さっそく、縮緬の前垂れをした女が出迎える。

鼻筋の通った美人だが、三十代のなかばくらいであろう。

（お品ではないな。女将であろう）

春更はすばやく見渡したが、お品らしき茶屋女の姿はない。

床几に腰をおろしている客も、老人ばかりだった。

とりあえず、春更は床几に腰をおろすことにしたが、背後から腰を押されるような抵抗を受け、あわてた。

首をまわして見て、大刀の鐺が床几につかえていたのだとわかった。前もって、大刀を腰から外していなかったからである。

春更は急いで大刀を鞘ごと腰から抜いた。

大刀を床几に横たえながら、顔が赤らむのを覚えた。間の抜けた動作の一部始終を、女将に観察されたに違いない。

「とりあえず、茶を一杯、所望じゃ」

「はい、かしこまりました」

何事もなかったかのように返事をして、女将がいったん引っこむ。

しばらくして、女将が盆に乗せた茶を持参した。

落ち着きを取り戻し、春更が言った。

「卒爾ながら、お品という娘はいるか。ちと、尋ねたい儀があっての」

「いまは、奥の座敷におります。客人の相手をしておりまして」

「そうか、では、待たせてもらおう」

春更は茶碗を取って、茶をすする。

お品は奥の座敷で客を取っているに違いない。かつて矢場女だったお品にとって、楊弓場の奥で客を取るのと、茶屋の奥で客を取るのと、どちらが好ましい境遇なのであろうか。

不忍池の水面に、数羽の水鳥が舞いおりるのが見えた。春更は、水面に浮かんだ水鳥の姿に目を遊ばせる。

奥から、二十歳前後の男が出てきた。右手に風呂敷包を持っている。商家の手代のようだ。商用で外出した機会を利用したのであろう。

そそくさと茶屋を出ると、あとはさも商用の途中のような足取りで歩き去っていく。

しばらくして、二十前後の女が出てきた。

女将がそばに寄り、なにやら小声でささやいている。春更が待ち受けていることを告げているとしたら、お品であろう。

女が春更のそばに来た。

面長で、目が細いが、美人の部類に入るであろう。ぽってりとした唇に色気があった。

「あたしが、品でございますが。あたしに、なにか」

やや後ろに、女将が立っている。自分は離れていると見せかけながら、けっして話を聞き洩らさない距離だった。

髪は島田に結っていたが、お品の鬢にほつれが目立つのは、直前まで男と床をともにしていたからだろうか。そう考えると、春更は心おだやかならぬものがあったが、努めて平静を保つ。

「拙者は佐藤鎌三郎と申す。数日前、そのほうのところに、岡っ引の辰治が来たろう」

「へい、親分のことですね」

「辰治からいちおう話を聞いておるが、拙者としては、そのほうからじかに話を聞きたいと思ってな。迷惑かもしれぬが、ちと、付き合ってくれ」

お品も、背後の女将も顔が強張っている。

岡っ引に言及する春更の口ぶりから、町奉行所の役人と判断したに違いない。色茶屋は、いわゆる隠し売女稼業であり、違法の売春業だった。女将もお品も、町奉行所の役人に対する警戒は強い。

「あのあたりで、立ち話はどうだ。さほど手間は取らせぬ」

春更が目の前の不忍池のほとりを示した。

茶屋から見渡せる範囲である。お品にしても、女将にしても安心であろう。

「へい、よろしゅうございます」

お品がうなずく。

春更は財布から南鐐二朱銀(なんりょうにしゅぎん)を取りだし、床几の上に置いた。

「茶代はここに置くぞ。釣りはいらぬ。ちと、この女を借りるからな」

茶屋の茶代は、十二文が相場である。南鐐一片は奮発(ふんぱつ)だが、ここは度量を見せるべきであろう。

（うむ、芝居はうまくいった）

春更はお品を引き連れて歩きながら、内心でほくそ笑む。

背後から、女将が声をかけた。

「お武家さま、刀をお忘れですよ」

春更は頭から冷や水を浴びせかけられた気分だった。芝居では、大失態と言えよう。

さきほど、床几に腰をおろすため、大刀を鞘ごと腰から抜き、そばに横たえていた。それを、すっかり忘れていたのだ。

「うむ、そこに置いておくつもりだったのだが、やはりほかの客の迷惑になるのう。すまぬ」

春更は取り繕いながら、大刀を腰に差した。

＊

護岸の棒杭に止まっていた鳥がふたりの足音に驚き、飛び去った。

お品がちらと、茶屋のほうに視線を走らせる。女将の姿を視野にとらえ、安心したようだ。

「山下の楊弓場で、お弘が殺されたのは知っているな」

「へい、親分から聞きました」

「さぞ驚いたであろう」

「へい、そりゃあ、もう」

「そのほう、お弘と親しかったそうだな」

「へい、住んでいた長屋が近かったものですから、一緒に湯屋に行ったり……」

春更は内心で、「えっ」と叫んだ。

辰治の話によると、お弘が楊弓場を辞めるのと、お品が雇われるのは入れ違いだったという。そのため、お品はお弘のことはほとんど知らないと、答えていたのだ。

お品は辰治に嘘をついていた。

相手が岡っ引だけに、かかわりあいになるのを避けたのであろう。

(鎌をかけたのがうまくいったな。さすが、鎌三郎)

春更は心の中で自画自賛した。

また、無意識のうちにできた駄洒落（だじゃれ）に笑いそうになるが、ぐっとこらえた。

逸る気持ちをおさえ、穏やかな口調で質問を続ける。

「拙者は武士じゃ、岡っ引風情とは違うぞ。安心するがよい。お弘を殺した者をあきらかにし、捕えるためじゃ。わかるな」

「へい」

「お弘は玉の輿に乗ったと評判だったそうだが、拙者としては、ちと信じられぬ気がするがな」

「本当なのですよ。楊弓場に高山さまというお武家がお見えになっていて、お弘ちゃんが気に入ったらしくって」

「高山の、下の名はなんと言うのか」

「さあ、そこまでは。旦那さまは『又者だよ』と言っていましたが」

「ふうむ、陪臣か」

楊弓場の主人の松井松兵衛は面と向かってはともかく、本人がいないところでは又者と軽侮していたことになろう。

又者は陪臣とも言い、旗本などの家来である。本人が旗本というわけではなく、あくまで旗本家の家臣だった。

「高山どのは、お弘を身請けしたということか」

「いえ、お弘さんを引き取り、養女にするのだろうということでした」

「ほう、養女というのは表向きで、実際は妾にしたのか」

「いえ、本当に養女にするとのことでした。旦那さまの話では、

『いったん養女にしておいて、贈り物にするのさ。公方さまの鼻毛を抜いた、お美代の方さまの例にならったのだろうよ』

ということでしたが……。

申しわけありません、あたしがそう思っているということではないのです。聞いた話でして」

お品があわてて弁解する。

武士にまつわる批判をしたとして、咎められるのを恐れていた。

「心配するな。そういうことは、拙者はいっこうに気にしておらぬからな」

春更はお品を安心させながら、松兵衛が江戸城の事情にも通じていることに驚いた。

というより、公方さま、つまり十一代将軍・家斉の精力絶倫と性的放埒は、楊弓場の主人も知っているほど、すでに人々に知れわたっているということであろう――。

旗本の中野清茂(なかのきよしげ)は、家斉の側仕(そばづか)えをしていた。隠居後は碩翁(せきおう)と名乗るが、このころは清茂である。

中野は、自分の屋敷に女中奉公しているお美代に目をつけた。好色(こうしょく)な家斉の好みを知っていたのだ。

そこで、中野はお美代を養女に迎え、自分の娘として大奥(おおおく)に奉公させた。

はたして、中野が予想したとおり、家斉はお美代に目を留め、手がついた。やがてお美代は懐妊し、子どもを産んだ。

いまやお美代は、側室(そくしつ)「お美代の方」である。家斉のもっとも寵愛(ちょうあい)の深い側室として、お美代の方の権勢は飛ぶ鳥も落とす勢いだった。

大奥におけるお美代の方の重みが増すにともない、養父の中野も目覚ましい出世を遂(と)げている――。

「なるほど、高山が中野清茂、お弘がお美代の方という図式か。肝心なのは、公方さまは誰なのか、ということだな」

春更はにんまりと笑った。

（さて、これは戯作にするとおもしろいぞ。もちろん、時代や場所、名前は変えなければならないだろうが）

声に出さず、つぶやく。

こうした筋立ての場合、鎌倉時代や室町時代の鎌倉を舞台に、足利家を題材にするのが一種の約束事になっていた。

頭の中で目まぐるしく筋立てが展開する。

そんな春更を見て、お品が不安そうに言った。

「あのぉ、なんのことでしょうか」

「あ、いや、武家の間の、醜悪な出世の駆け引きじゃ」

そう言いながら、春更はハッと気づいた。

これこそ、醜悪ではなかろうか。ともあれ、確かめるべきであろう。

「お弘を気に入ったということは、高山どのはともに奥座敷に行っていたのか」

「へい、そうです」

お品はこともなげに答える。

春更はかろうじて無表情をたもった。

高山は自分が賞味した矢場女を形だけ養女に迎え、その後、何食わぬ顔をして、

「わたくしの娘でございます」として、誰かに……おそらくは主人に献上したのであろうか。

そう考えると、高山は中野清茂以上に奸悪と言える。

「なるほど、そなたの話を聞いて、事情がよくわかったぞ。礼を言う。ところで、高山どのの主人の名は聞いているか」

「いえ、知りません」

「では、高山どのの住まいはどのあたりか、知っているか」

「さあ、そこまでは、聞いておりません」

「う〜ん、そうか」

手詰まりである。お品は矢場女だった。武家社会のことには疎い。

ふと思いつき、春更は質問を変えた。

「では、お弘はなにか言ってなかったか」

「そういえば、お弘ちゃんと一緒に湯屋に行ったとき、『あたしは、駿河台のお屋敷に住むんだよ。お屋敷には内風呂があるから、もう湯屋には行けなくなるわ』と言っていた気がします」

「ほう、駿河台か」

春更は一瞬、話ができすぎていると思った。

急に疑念が募る。

中野清茂の屋敷があるのが、まさに駿河台なのだ。

だが、お品がそんな事実を知っているはずはない。嘘をついているとは思えなかった。

奇妙な符合である。

(まさか中野清茂が関与していることはあるまいが)

春更はいちおう、質問を打ち切ることにした。

「うむ、いろいろと、かたじけない」

「では、失礼いたします」

一礼し、お品が茶屋に戻っていく。

春更は歩きだした途端、空腹を覚えた。

(手ごろな場所で、なにか食うかな)

そのとき、さきほど茶屋の床几に南鐐二朱銀を置いたのを思いだした。

なけなしの南鐐二朱銀ではなかったか。

あわてて財布の中身を確かめる。

四文銭と一文銭が数枚、残っているだけだった。

（これだけか。屋台のかけ蕎麦なら食えるかな）

十六文のかけ蕎麦なら、どうにか食べられそうである。しかし、そのあとはそれこそ無一文になってしまう。

ここは、空腹を我慢することにした。

四

池之端仲町から湯島天神まではごく近い。

しかし、湯島天神の門前町は広いし、商家や民家が櫛比(しっぴ)している。

春更は、岡っ引の辰治にくわしく教えてもらっていてよかったと思った。さもなければ、楊弓場の主人の松井松兵衛の家を探しあてるのは、至難(しなん)の業(わざ)だったろう。

松兵衛の家もすでに辰治が訪ねていて、ほとんど成果は得られていなかった。

そこで、春更が再訪することにしたのだ。

門前町の通りを歩いていると、あちこちから三味線の音色が響いてくる。道の両側に軒を連ねている料理屋の二階では、明るいうちから芸者や幇間を呼んで、宴席がもよおされているようだ。

春更は歩きながら、陰間を呼んだ宴席もあるだろうと思った。というのは、湯島天神の門前は陰間茶屋が多く、芳町、芝神明前と並んで、江戸の三大男色地帯だったのだ。

料理屋と薬屋の間に、奥に入っていく道がある。

春更が道を進んでいくと、十二、三歳くらいの女の子のふたり連れとすれ違った。

ふたりとも、燕口を手にしている。燕口に入っているのは浄瑠璃の稽古本であろう。三味線の稽古帰りであろうか。

しばらく進むと、格子戸の内側で三味線の音色が響く。ここが、稽古所であろう。

稽古所の隣が、目指す松兵衛の家だった。

門はなく、道に面して玄関の格子戸がもうけられた仕舞屋である。

春更は声をかけながら、格子戸を開けた。

「はい、どなた」

現われた女は、三十代のなかばに見えたが、実際は三十前後に違いあるまい。面窶れし、髪も乱れていた。目の下には隈があり、心労がうかがえる。玄関の三和土に武士が立っているのを見て、緊張で身を硬くしていた。

「松兵衛の女房の、お伝だな」

「へい、さようでございます」

「拙者は佐藤鎌三郎と申す。松兵衛はまだ、行方が知れぬのか」

「へい、まだ、戻りません」

「ふむ、そうか。岡っ引の辰治から、いちおう聞いておるがな」

その春更の言葉から、お伝は町奉行所の役人と思ったようである。うつむいてしまい、もう春更とはまともに目を合わせようとしなかった。

「お弘という矢場女のことは、亭主から聞いておるか」

「名前は聞いたような気がしますが、くわしいことは」

「公方さまとか、お美代の方とか、言っていなかったか」

春更はさっそく、さきほどお品から仕入れた話をぶつける。

お伝は得体の知れない恐怖を感じているようだ。

「いえ、滅相もない、そんな畏れ多いことは」

「心配するな。武士の拙者が言うのだから、案じることはないぞ。お弘が、お美代の方並みの出世をするなどと、言っていたろう」

「へい、そんなことを言っていたかもしれません。ただ……」

「ただ、なんだ。遠慮するな」

「へい、『お弘が出世しても、俺は出ていくわけにはいかないからな。相変わらず、楊弓場の主人さ』と、笑っていました」

「ふうむ、なるほどな」

お美代の方の出世にともない、養父の中野清茂は目覚ましい昇進を遂げた。しかし、お弘が出世をしても、松兵衛はあやかることはできない。そんな、ほろ苦い感慨であろう。

そのとき、

「松兵衛さんの家はここかね」

と、声をかけてきた者がいる。

看板法被を着て、挟箱を棒に通して肩にかついでいた。着物は尻っ端折りし、足元は草鞋である。一見して、武家屋敷の中間とわかる。

同心の鈴木順之助の供をしている金蔵なのだが、春更はまだ面識がなかった。

金蔵も、玄関に武士がいるのにやや戸惑っている。

春更に軽く一礼したあと、お伝を見て言った。

「松兵衛さんのおかみさんかい」

「へい、さようです」

「わしは、町奉行所のお役人の家来だがね。おめえさん、これから不忍池の畔まで来てもらいたいのだがね。

じつは、土左衛門が見つかったのよ。松兵衛さんじゃないかと思ってね。おめえさんに、確かめてもらいたいのさ。

わしが案内するよ」

お伝の顔から血の気が失せた。

しかし、すでに亭主の死を予想していたのか、動揺した様子はない。それよりも、見ず知らずの中間に同行を求められ、躊躇していた。

状況を見て取り、春更が言った。

「その場には、岡っ引の辰治もいるのか」

「へい、親分もいますけどね。お武家さまは……」

金蔵は、若い武士の横柄な物言いに驚いていた。相手の身分をはかりかねているのかもしれない。

「佐藤鎌三郎じゃ。辰治はよく知っている。よし、では拙者も行こう」

春更が宣言した。

続いて、お伝に言った。

「拙者も一緒に行く。それで、そのほうも安心であろう」

「へい。ありがとうございます。では、子どもを近所の人にあずかってもらいますので、少々お待ちください」

お伝が奥に行った。

なにやら子どもに言い聞かせていたかと思うと、台所の勝手口から一緒に出ていく様子である。近所の知りあいの家に頼むつもりであろう。

*

地面に敷かれた筵が盛りあがっているのは、下に死体があるからに違いなかった。

多数の人間がいたが、筵を取り囲むのではなく、みな片側に集まっている。腐敗臭を避けるため、風上に位置しているのだ。

金蔵とお伝のほかに春更もやってきたのを見て、沢村伊織が同心の鈴木順之助になにやらささやいている。春更の身元について伝えているようだ。

岡っ引の辰治が春更に言った。

「ほう、おめえさんも一緒だったのか」

「はい、たまたま居合わせたものですから」

そばで、ふたりのやりとりを聞きながら、金蔵は辰治が武士に横柄な物言いをするのに意外そうな顔をしている。さきほどの春更の物言いと、まったく逆だったからだ。いまでは、頭の中が混乱しているに違いない。

「私は医者です。死体は死後、五日以上は経過していると思われます。かなり傷んでいますので、覚悟してください。手ぬぐいか懐紙で、鼻を覆ったほうがよいですぞ」

伊織がお伝に言った。

お伝は小さくうなずき、ふところから懐紙を取りだし、鼻を覆った。

辰治がお伝に伝える。

「今朝がた、不忍池に浮かんでいるのを、魚の棒手振が見つけたそうでしてね。自身番の連中で引きあげたそうです」

「ご迷惑をおかけしました」

「じゃあ、見ておくんなせえ」

辰治が十手の先で、筵をぱっとめくった。

死体は顔も身体も赤く膨張し、まるで赤鬼のようだった。眼球が突き出ている。髷がほどけてざんばらになった髪の毛が、頭部にへばりついていた。典型的な土左衛門と言えよう。

春更は死体を目にした途端、

「うっ」

と、上体を丸めた。

喉元に吐き気がこみあげてきたのだ。しかし、吐き気だけだった。苦い味がするのは、逆流した胃液だろうか。

春吏はひそかに、さきほど屋台などで蕎麦を食べていなくてよかったと思った。もし食べていたら、短く嚙み切られた麵の束を、この場に嘔吐していたろう。

「どうだね、亭主か」

辰治がお伝に尋ねる。

お伝は現れた死体を目にするや、その無残さに、すぐに目をつぶってしまった。しかし、ややあって覚悟をしたのか、目を開き、土左衛門を凝視する。

「どうかね」

「へい、正直に言って、よくわかりません。亭主ではない、とは言いきれないのですが」

「右の尻に大きな痣があるとか、背中に彫物があるとか、そんな目立つ印はないかね」

「さあ、とくには、なかったようです」

「では、おめえさんが最後に見たときの着物はどうだ」

「桟留縞の上着に、丹後縞の下着、帯は小倉織でした」

お伝は、死体の泥水にまみれた着物に目をやる。

辰治も死体の着物をながめながら言った。

「これだけ泥まみれじゃあ、よくわからないな。しかし、桟留と丹後と小倉ではないとも言えないが。

煙草入れや財布などの持ち物があれば助けになるのだが、あいにく水の中で落ちてしまったらしい。あるいは、持ち去ったのかもしれないが」

「ということは、殺されたのですか」

「腹を刀で刺されていた。

こちらの先生の検分では、それが死因であろうということだ」

辰治が手で伊織を示した。

お伝は無言で一礼する。

それまで黙って見守っていた鈴木が、ようやく口を開いた。

「よし、この死体が松兵衛だという確たる証拠はない。しかし、松兵衛ではないという確たる証拠もない。行方が知れなくなった日からすると、この死体の腐乱の状態はほぼ符合する。

ということは、松兵衛と見ても矛盾はない」

そこまで言うと、あらためてお伝を見た。

「亭主と認めて引き取り、弔ってやるか。しかし、亭主ではないと言うのなら、町内に頼んで無縁仏として葬ってもらうしかない。そのほう次第じゃ」

「もし亭主だった場合、無縁仏にしてしまっては可哀想ですから。ともかく、菩提寺に葬ります」

お伝がきっぱりと言った。

曖昧さはあるが、夫として葬るつもりなのだ。

「そうか」

鈴木がつぶやいた。

お伝の立場に同情したのか、立ちあっていた町役人に鈴木が歩み寄り、なにやら相談を持ちかける。

鈴木はお伝の決意を伝え、町内にもなんらかの助力させるつもりらしい。鈴木らしい配慮と言えよう。

そんな様子を横目に、春更が死体のそばにかがんだ。

当初の吐き気はすでに消えていた。というより、好奇心が吐き気を乗りこえたと言おうか。

子細に観察したあと、春更が言った。

「先生、着物の両方の袂(たもと)に石が入っています。こんな重しがあって、いったん沈んだ死体が浮きあがるものでしょうか」

その質問に、伊織が腐敗ガスで溺(でき)死体が浮きあがる仕組みを説明した。

そばで聞いていた辰治が補足する。

「わっしは、墓石くらい大きな石を身体にくくりつけられた土左衛門を、隅田川(すみだがわ)で見たことがあるぜ。夏の暑いころだったがね。身体はもう、パンパンに膨らんでいたよ。墓石をもろともせず、水底から跳ねあがってきたわけだ。

それはそうと、春更さん、死体をやたらとつつくと、身が崩れるからな。気をつけなよ」

春更は一瞬、当惑した顔になったが、すぐに意味がわかった。

要するに、溺死体を煮魚にたとえているのだ。辰治特有の冗談だった。

(魚の煮付けを食べるたびに、思いだすかもしれぬな)

春更は食欲が減退(げんたい)する気がした。

それでも、いちおう報告しておかねばならない。春更はさきほどお品から聞きだした、高山という人名と、駿河台の地名を辰治に伝えた。

「ほう、おめえさん、なかなかやるじゃねえか。そこまで聞きだしてきたとは、上出来（じょうでき）だぜ」

辰治にしてみれば、自分が得られなかった情報を、春更が仕入れてきたことになる。

悔しさもあるであろうが、それ以上に、感心するほうが大きいようだった。少なくとも、春更を見直したようだ。

五

下谷（したや）広小路（ひろこうじ）まで来たところで、沢村伊織は下谷七軒町へ、春更は須田町へと道が分かれる。

「今日、矢場女をしていたお品という女と、松井松兵衛の女房のお伝から話を聞きました。それらも含めて、先生と相談したいのですが。これから、お宅に同行してもよろしいですか」

「かまわんが。それより、その辺で、なにか食いながらではどうか」

「それはいいですね。じつは、昼飯を食いそびれまして、腹ぺこなのです。しかも、文無しのありさまでして」

春吏が、なけなしの南鐐二朱銀を茶屋で奮発したことを告げる。

伊織は苦笑するしかない。

「そなたに払わせる気はないので、安心してくれ。しかし、その格好はなぁ。武士が相手では話しにくいぞ」

「わかりました。ちょいとお待ちください」

春吏はふところから、たたんだ風呂敷を取りだした。

そして、道端の用水桶の陰で、すばやく袴を脱ぎ、大小の刀を帯から外すと、すべて風呂敷に包んでしまった。

「へい、これで戯作者に早変わりです」

「ほう、手馴れたものだな。

では、飯が食えるところがよかろう。そこはどうか」

伊織が、店の前の道に置かれた置行灯を指さした。

置行灯には、

お酒肴いろいろ

―ぜんめし

と書かれていた。

いわゆる一膳飯屋だが、酒の肴があるので、居酒屋も兼ねている。

店内には床几が数脚、並んでいたが、奥に畳の座敷もあるようだった。

ひとつの床几では、出職の職人らしき数人の男が酒を呑み、おおいに盛りあがっている。傍若無人と言ってよいほどの大声だった。仕事帰りの酒盛りのようである。

「奥の座敷にしよう」

伊織が言い、奥に進む。

床几で男たちが騒いでいれば、かえって内密の話には好都合だと思ったのだ。

座敷といっても、土間に履物を脱いであがると、畳敷きになっているだけである。障子や襖で仕切られているわけではない。

座敷から床几の客を見通せるし、床几に腰をおろしている者からも、座敷の客は見渡せた。

伊織と春吏が座敷に落ち着く。隣の客との境は低い衝立だった。

「へい、いらっしゃりませ」

土間に立ったまま、丁稚小僧が言った。
十三、四歳くらいにもかかわらず、異様に背が高い。伊織は驚いたが、丁稚が高下駄を履いているのを見て、納得した。
「へい、なんにしましょう」

「まず、酒を小半、もらおうか。飯も持ってきてくれ。魚はなにがある」

伊織の問いに、丁稚が歌うような調子で品目を言った。

聞き終えた伊織が注文する。

「酢蛸と小鯛の吸い物をもらおう。それに、鰈の煮付けもよいな。そなたは、どうする」

「わたしは、煮魚はやめておきます」

春吏は鰈の煮付けを辞退した。

さきほどの、岡っ引の辰治の言葉を思いだしたからなのだが、もちろん伊織は事情を知らない。

酒と料理、それに飯が出ると、春更は酢蛸と小鯛の吸物でまずは飯を食った。むさぼるような食べ方である。

相手がかなり空腹なのを見て、伊織は話を急かさない。自分も鰈の煮付けと小鯛の吸物で、黙々と飯を食った。

飯を食べ終わり、ひと息入れたあと、春更はちろりの酒を湯呑茶碗で呑みながら、聞きだしてきた事実を述べる。

聞き終えて、伊織が言った。

「あらたに、駿河台という地名が判明したわけか。これで、かなり絞りこめたのではないか」

「はい、お弘が迎えられたのは、駿河台に屋敷のある旗本家と思われます。ただし、駿河台には旗本屋敷はたくさんありますからね」

「お弘を引き取ったのは、高山という武士だったようだが」

「高山は陪臣で、旗本家の家臣です。ですから、高山が仕えている旗本の家名は不明です」

「駿河台と高山で、わかるかな」

「調べてはみるつもりですが……まず無理でしょうね。

旗本屋敷をまわって、門番に、

『こちらに、高山どのというご家来はいるか』

と聞いてまわるという方法がありますが。

まともに教えてくれるかどうか。怪しまれるかもしれません。難しいでしょうね。

兄の名を出すという手もあるのですが、もし兄に知れると大変なことになりま

すから。ちょっと踏みきれません」

「ふうむ、たしかにな。

ともかく、もっと絞りこむ必要があるな」

伊織は茶碗の酒を呑み、酢蛸を口に入れる。

春更の報告を思い返しながら、伊織が言った。

「楊弓場の主人の松井松兵衛だが、お弘の出世を公方さまの側室のお美代の方に

たとえるなど、なかなかの物知りだな。ちょっと意外な気がするが」

「はい、わたしもちょっと感心しました。寺子屋できちんと手習いをして、読み

書きもできる人物だったのでしょうね」

伊織は頭の中に、もやっとした塊（かたまり）があるのを感じた。

その塊がなんなのか、焦点をあてようとするが、焦点が合わないもどかしさを感じる。

そのとき、素っ頓狂な声がした。

「おや、山下の講釈場に来た先生じゃありませんか」

男が、座敷の横の土間に立って、こちらを見ている。

床几で騒いでいる男たちのひとりだった。便所に行って、その戻りのようだ。

顔は酔いで真っ赤になっている。

伊織は、相手のあばた面には見覚えがあった。講釈場で、同心の鈴木順之助に尋問されたふたりのうちの、ひとりである。

「ああ、そなたは」

「へい、左官の源三です。いつぞやは」

「入口の床几で呑んでいるのか」

「へい、先日の半六兄ぃも一緒ですがね」

「だいぶ盛りあがっているようだな」

「へへ、どうも騒いでしまって。がさつな連中ですから。ところで、先生、先生は蘭方医だそうですね」

「さよう、蘭方医だが、それがどうかしたか」

「ちょうどよかったですな。

じつは、あっしの友達が、頸に大きな腫物ができましてね。医者に診てもらったのですよ。煎じ薬を呑み、膏薬を貼るなどしたのですが、いっこうによくならない。よくならないどころか、腫物は大きくなる一方でして。

ついに医者も匙を投げて、

『漢方では手の施しようがない。しかし、蘭方医なら切開手術をして治すことができるかもしれぬ。蘭方医に診てもらいなさい』

と、言ったそうでしてね。

しかし、その野郎も蘭方医がどこにいるか知りません。途方に暮れるとはこのことですよ。

そこで、話を聞いたあっしが、

『蘭方医なら最近、お近づきになったぜ。俺に任せな。金のことは心配するな。俺が口をきけば、どうにでもならぁ』

と大見得を切ったのですがね。

しかし、考えてみると、先生の名前も、住んでいるところも知りません。あっしも大きなことを言った手前、困っていたのですよ。

ところが、今日、ここで先生をお見かけしたわけで、これも縁ですね。いや、これは並々ならぬ縁ですよ。

そんなわけで、先生、あっしの友達を治してやってくれませんか。まだ女房は若いし、子どもも小さいし、どうにかしてやりたいのですよ」

「そうか、私は沢村伊織と申す。

そなたの友達の件だが、手術できるかどうか、まずは腫物の具合を診てみないと、なんとも言えぬ。とりあえず、その友達とやらを連れてきなさい」

そして、伊織は下谷七軒町の家を教えた。

源三はうなずく。

名前と住所を覚えたようである。

「本人が下谷七軒町まで来るのが無理なら、私が往診してもよい」

「へい、わかりやした。では、よろしくお願いしますよ」

源三はぺこりと頭をさげ、仲間のいる床几に戻っていく。

これから、また酒を呑むのであろう。いったんは覚えた名前も住所も、明日になれば忘れているかもしれなかった。

（こんなとき、紙切れの端にでも書きつけておくといいのだがな）

おそらく、源三はほとんど読み書きはできないであろう。

ふと伊織は、覚えのために紙に書きつける行為が気になった。しかし、それがどうかかわりがあるのかは、自分にもわからなかった。

第三章　紙屑買い

一

大家の茂兵衛は入口の土間に立ったまま、暗い声で言った。

「先生、ちょいとお願いします」

日ごろから、苦虫を噛み潰したような顔をしている男だが、いつにもまして表情が暗い。

沢村伊織が一の日、つまり一日、十一日、二十一日に須田町の裏長屋で開いている診療所である。

四ツ（午前十時頃）の開所だが、まだ患者はいなかった。

「どうぞ、おあがりください」

伊織の勧めに応じて、茂兵衛は下駄を脱いだ。

診察室兼待合室にあがってくると、ほとんど伊織と膝を突きあわさんばかりのところに座った。

茂兵衛は、下女のお松がさっそく茶と煙草盆を用意しようとしているのを見て、

「気を使わないでおくれ。茶も煙草盆もいらないよ。すぐに終わるから」

と言ったあと、声をひそめた。

「長屋に、お良という女がいます。亭主の商売は紙屑買いで、まあ貧乏暮らしですがね。

お良が昨夜から産気づきましてね。あたしも気になるので、顔を出したりしていたのですが、明け方、産婆が呼ばれてやってきたのを見て、あたしも安心して家に引きあげたわけです。

ひと眠りして、その後どうなったかを見にいくと、死産だったとのことでしてね。しかし、まわりの人間の様子がなんとなく変なのです。

近所の者にそれとなく尋ねてみると、

『オギャーという産声が聞こえたあと、急に静かになった』

というのです。

しかも、大家のあたしにはなにも知らせず、すでに小さな早桶を仕入れて、

早々と寺の墓地に運ぶ準備をしているではありませんか。

あたしは腹が立ったので、

『先生に検分してもらう、ちょいと待て』

と言い置き、ここに来たのですよ」

聞き終えて、伊織は厄介な問題を持ちこまれたと思った。できれば、かかわりたくなかった。

慎重に問い返す。

「間引き(まび)ではなかろうか、ということですか」

「はい、間引きは天下のご法度(はっと)ですからな」

「もちろん、ご法度なのは知っています」

伊織はひと呼吸、置いたあと言った。

「間引きとわかれば、どうするつもりですか」

「えっ」

茂兵衛は絶句した。

虚(きょ)を衝(つ)かれて、うろたえている。いまになって、事の重大さに気づいたのだ。

大家の存在を無視されて怒り心頭(しんとう)に発していただけで、そのあとのことはなにも考えていなかったのであろう。

「間引きがおおやけになると、お良と亭主はもちろんのこと、手を貸したであろう産婆もただでは済みますまい」

伊織も、幕府や諸藩が間引きを禁止しているのは充分に承知していた。

それにもかかわらず、農村はもちろんのこと、都市部でも間引きは横行(おうこう)していた。貧しい夫婦が、やむをえず間引きに踏みきったのだ。

そして、協力したのが産婆だった。

産婆は出産を助け、産婦や生児の世話をするのを仕事とする女だが、依頼されれば間引きも実行した。身重の女と身近に接しているだけに、生活の困窮(こんきゅう)も手に取るようにわかっていたからだ。

「長屋での間引きがおおやけになると、大家のあたしもただでは済みませんな」

「まあ、そうでしょうな。お奉行所に呼びだされ、お叱(しか)りを受けるかもしれませんね」

「脅(おど)かさないでくださいよ。

わかりました。もう、ほじくるのはやめましょう。先生、お良のところには行かなくてけっこうです」

「そうはいきますまい。私が検分に行くと宣言してしまったのでしょう」

「それは、そうなんですけどね」

茂兵衛はなんとも情けなさそうな顔になった。

自分の勇み足を、いまになって後悔している。

そんな大家の逡巡を尻目に、伊織はさっさと出かける準備をする。

「私が行かないと、かえって勘ぐられてしまいます。ここは、行くべきですぞ」

「しかし、先生が検分して間引きとわかると、藪蛇ですからな」

もう茂兵衛はおろおろしている。

伊織がなだめた。

「承知しています。私に任せてください。

さあ、行きますぞ」

「わかりました。では、ご案内しましょう」

しぶしぶながらも、伊織の検死に同意した。また、こうなった以上、大家としては同席せざるをえないようだ。

路地を歩きながら、伊織が茂兵衛に確認する。

「夫婦には子どもはいるのですか」

「いちばん上の子はすでに住み込みの奉公をしており、家には二番目と三番目の子がいます。二番目がたしか七歳でしたかね」

「すると、今回が四番目の子だったわけですか」

そう言いながら、伊織は長崎での経験を思いだしていた――。

鳴滝塾で、あるとき、シーボルトがこんな話をした。

キリスト教の『聖書』の中の話のようだったが、シーボルトは日本では切支丹が禁制なのを知っているため、ある国のある町の出来事として語った。

ある町では、売春を厳禁し、売春行為をした女は石で撃ち殺すべし、と定めていた。

たまたま、売春をしていた女が見つかり、広場に引きだされてきた。

多くの男たちが女を取り囲み、みな石を手にして殺気立っている。

町長が出ていき、騒ぎを鎮めようとしたが、みなは聞き入れない。

「石で撃ち殺すのは町の定めじゃ。町長が生ぬるいことを言っていては、町は立ちいかない」

みなの興奮を見て、町長は静かに言った。

「わかった。やむをえまい。では、まず代表で、誰かが最初に石を投げつけなさい。続いて、ひとりひとり、順に投げつけるとよかろう。誰が最初じゃ？」

町長がみなを見まわす。

それまでいきりたっていた男たちは、みなハッと我に返ったようだった。誰ひとりとして言葉を発しない。広場は静寂に包まれる。

そのうち、ひとりが足元にぽとりと石を落とし、その場から去っていった。その後、石を落として去っていく者が続く。

いつしか、広場から男たちの姿が消え、女と町長だけが取り残された。

町長は女に語りかけた。

「もう、行くがよい。ただし、二度と売春をしてならぬぞ」

路地を歩きながら、伊織は間引きも同じではなかろうかと思った。決して善ではない。いや、あきらかに悪である。しかし、それを罰することが果たして正しいのか。いや、罰する資格のある人がいるのか。

（シーボルト先生がこの場にいたら、きっと、こうする）

伊織は自分に言い聞かせた。

＊

腰高障子（こしだかしょうじ）は開け放たれており、周囲の路地に数人の女がたたずんでいた。

「おい、先生じゃ。通してくれ」

茂兵衛が声をかける。

女たちが無言で道をあけた。

伊織は茂兵衛に続いて、入口の敷居をまたいで、せまい土間に足を踏み入れた。

長屋は大家が茂兵衛であるのにちなんで、俗に「モヘ長屋」と呼ばれていた。

モヘ長屋には二階建てもあるのだが、お良が住んでいるのは伊織の診療所と同じ平屋だった。

土間の右手にはへっついが置かれていて、台所である。土間をあがると、八畳ほどの畳の部屋だった。

住環境としては伊織も同じだった。しかし、伊織の場合は臨時の診察室兼待合室であり、住んでいるわけではない。

しかし、ここでは八畳だけの部屋に、親子四人が住んでいるわけだった。そして、今回の出産である。

伊織は痛ましさを感じた。

土間からすぐの場所に、天秤棒と竹籠が置いてある。亭主の商売道具のようだ。

「卯助、こちらが先生じゃ」

茂兵衛が言った。

卯助と呼ばれた男は月代が伸び、無精髭も目立つ。目は充血していた。さすがに、今日は仕事には出かけなかったようだ。

子どもふたりの姿はない。おそらく、近所の人間が面倒を見ているのであろう。

すでに産婆の姿もない。

茂兵衛に続いて、伊織も室内にあがった。

「へい、こちらです」

卯助が、そばに置かれた白い木綿の包みを示した。

伊織はうなずき、布をほどく。

中から、嬰児の死体が現れた。小さいながらも、男の子の特徴がある。

検分したが、とくに外傷はなく、窒息死したのはあきらかだった。

(産婆が水に湿した紙を嬰児の顔にかぶせ、窒息死させたのであろう)

伊織はただただ、重苦しい気分だった。

元気に泣く嬰児に産湯を使うこともなく、産婆が濡れた紙をそっと顔に押しあてる。嬰児は身悶えしたあと、動かなくなる。その様子を、卯助とお良の夫婦はそばで見ていたのだろうか……。

息をととのえ、おごそかに言った。

「診たところ死産だな。悔やみ申す。早く弔ってやるがよかろう」

その後、伊織は瞑目して、嬰児の死体に手を合わせる。

そばで、あわてて茂兵衛も手を合わせた。

伊織が丁寧に、布で嬰児をくるんだ。

顔をあげると、卯助と視線が合った。

卯助の目には生気が戻っている。大家が医者を呼びにいってからは、不安に責めさいなまれていたのであろう。

部屋の奥の衝立を見て、伊織が言った。

「かみさんは、あの奥に寝ておるのか」

「へい、疲れきっておりまして」

卯助が答える。

伊織は念のため、お良を診察することにした。

衝立の陰に、お良はまるで隠れるかのようにして寝ていた。身体にかけた夜着はぼろ布のようだった。

顔には血の気がなく、乱れた髪が汗臭い。

伊織はお良の脈を診て、まずは異常がないのを確かめた。あとは、ともかく体力の回復が第一であろう。

「玉子など、滋養のある物を食べさせるがよい」

「へい」

卯助はいちおう返事をしたが、つらそうな表情をしている。

言ったあとで、伊織は後悔した。

玉子など買う余裕がないからこそ、第四子を間引きしたのではないのか。自分の配慮のなさを思い知らされる気分だった。

「では、これで引きあげる」

伊織は土間の草履に足を乗せながら、ふと思いついた。

ふところの財布を探り、一朱銀を取りだした。

「これは見舞いじゃ。かみさんに、滋養のある物を食べさせてやりなさい」

「へい、ありがとうございます」

卯助がおおげさに押しいただいて、受け取る。


路地に出ると、さっそく茂兵衛が言った。

「先生、ありがとうございました。これで死産と決まりましたからな。もう、後腐れはありません」

「まあ、後味のいいものではありませんがね」

「いや、先生のお心遣いには感謝しております。

ところで、先生、卯助に金を渡したのはまずかったですな。しかも、一朱ですぞ」

茂兵衛はいかにも苦々しそうだった。

伊織が驚いて問い返す。

「え、なぜです」

「卯助のやつ、どうせ呑んでしまいますよ。女房に玉子など、買ってやるものでですか」

茂兵衛が吐き捨てるように言った。

伊織は後頭部を殴られた気分だった。返す言葉がないとはこのことであろう。

しかし、これが現実なのかもしれない。

なおも、茂兵衛が言った。

「夘助は長屋の店賃も滞っておりましてね。かといって、こんなときに店立てを食わせて追いだすわけにもいきません。大家のあたしも困っているのですよ。そうそう、あの夫婦にはいま子どもがふたりいますが、ふたりとも女の子でしてね。いずれひとり、あるいはふたりとも、女衒に売られるのではないかと、あたしはひそかに案じているのですよ」

茂兵衛の愚痴を聞きながら、伊織は気が滅入ってきた。

農村の貧農の娘だけでなく、裏長屋に住む貧乏人の娘が女衒を通じて、吉原の妓楼や岡場所の女郎屋に売られる例は多い。

「親が売るのですから、他人にはどうしようもありませんしね」

「去年、女衒が長屋に来て、ちょうど十歳の女の子を連れ去りました。あたしが大家としてできたのは、女の子を見送るだけでした。なんとも、つらかったですな」

「そうでしょうな」

伊織は、茂兵衛が大家として長屋の住民に気を配っているのだと思った。「大家といえば親も同然、店子(たなこ)といえば子も同然」は、それなりに当たっているのであろう。

そのとき、向こうから来た男が笑いかけてくる。その人なつっこい笑顔を見ると、ついこちらも頬(ほお)がゆるむ。

路地を歩いてくるのは春更だった。風呂敷包を手にしている。

「おや、先生、大家さん、どうしたのです」

「うむ、長屋で往診をしたのでな。茂兵衛どのに案内してもらった。そなたは、外出していたのか」

「はい、できあがった版下を届けに行って、あらたな仕事をもらってきたところです」

「そうか、商売繁盛のようでなによりだ。ところで、あとでちょっと寄ってくれぬか。相談したいことがある。診療所は八ツ（午後二時頃）までなので、そのころがよいな」

「はい、かしこまりました。では、のちほど」

春更が一礼して去る。

伊織は春更と話をしていると、気分が明るくなってくるようだった。

二

入口の土間に立ったのは、お近だった。

「先生、お昼はもう済みましたか」

「往診から戻ったばかりでな。これからじゃ」

「じゃあ、間に合ってよかった」

お近は下駄を脱ぎ、さっさとあがってくる。

台所にいた下女のお松に深皿を渡しながら、言った。

「鰯（いわし）の煮付けを作ったのですよ。今朝、棒手振（ぼてふり）の魚屋から鰯をたくさん買ったのですがね。食べきれないので、食べてくださいな」

「ほう、それはありがたい。そなたに魚の煮付けができるとは、意外だな」

「作ったのは、おっ母さんですけどね」

そう言いながら、お近が沢村伊織の前に座る。

ちらと、お松のほうをうかがったあと、声をひそめて言った。

「さきほど往診したのは、お良さんですか」

「うむ、そうだ」

「間引きしたって、本当ですか」

すでに噂が長屋に広まっているようだ。

伊織は、お近が鰯の煮付けを届けにきたのは口実だったのかと思うと、不快感がこみあげてくる。

「間引きではない。死産じゃ。私が診たから間違いない。間引きなどという噂が広まると、お良が可哀相だぞ。ただでさえ、赤ん坊が死んで悲しんでいるのだ。

そもそも、そなたは噂を確かめにきたのか」

「いいえ、ついでに聞いてみただけでしてね。おっ母さんが聞きこんできて、『間引きだ、間引きだ』と騒いでいるものですから。帰ったら、あたしからおっ母さんに、よく言い聞かせますよ」

「うむ、そうだな。そうしてくれ」

そのとき、伊織はふと気になった。

目の前の女が、妾稼業をしているのを思いだしたのだ。

「いまごろ、ここにいてよいのか。次の『一の日』の旦那は、たしか決まったのだろうよ」

お近の妾稼業は「安囲い」という形式なので、五人の旦那がいる。一の日、三の日、五の日、七の日、九の日に分けて、それぞれお近のもとに来るのだ。

たまたま、前の一の日の旦那が腹上死したことから、伊織が呼ばれて検死をした。その後、一の日の次の旦那は決まったと聞いていたのだ。

「決まったのですがね。さきほど、店の丁稚どんが来て、

『今日は急用ができたので、旦那さまは行けないそうです』

と、伝えてくれたのですよ」

「ほう、なかなか気のつく人だな」

「おかげで、あたしも今日は楽ができます。ほかの日の旦那も、急用ができるといいのですがね」

お近が虫のいいことを言った。

妾の給金は前払いだから、旦那が急用で来れなくなるのは歓迎すべきことなのだろう。その分、楽ができるというわけだ。

伊織はつい、お良一家の困窮とくらべてしまう。

お近は母親とふたり暮らしだが、二階長屋に住んでいた。その暮らしぶりも贅沢で、まわりが羨むほどである。

お近は母親を養ってこそいたが、家事はすべてやってもらっていた。月に十五回、旦那と情交しさえすればいい、安楽な生活だった。

大きな差である。お近とお良の生活の格差は、いったいどこに由来するのだろうか。考えだすと、袋小路に迷いこんでしまいそうである。

伊織はとりあえず、お良のことを頭からのぞいた。

「それで、用事はなにか」

「じつは、身体のことで先生にご相談がありましてね」

「ほう、どうしたのか」

「恥ずかしいのですが、じつは、大きいものが出ないのですよ」

「ほう、便秘か。緊張が続いたり、眠りが足りないと、それが便秘の原因になることもあるが、そなたにはあてはまるまい。顔の色艶もよいしな。

とりあえず、診察しよう」

伊織はお近の脈をとり、さらに着物をはだけさせて、下腹部を押してみた。

お近は着物をはだけるのをためらわないし、下腹部を触られても、恥ずかしがる様子はなかった。

「とくに身体に異常はないので、とりあえず大黄甘草湯という薬を煎じて飲むがよい。

薬を作るのは家に帰ってからなので、渡すのは次の一の日になるな。待ちきれないのであれば、下谷七軒町に取りにきなさい」

「次の一の日ってことは、十日後ってことですか。その間、ずっと便が出なかったら、死にはしないでしょうか」

「便秘で死ぬことはない。さきほども言ったように、待ちきれなかったら受け取りにきなさい。使いを立ててもよいぞ」

「はい、わかりました」

お近が帯を締め直し、帰っていく。

数人の診察や治療を終え、そろそろ八ツ（午後二時頃）の鐘が響いてくるかというころ、春更が現れた。

「わたしの筋向いの家で、赤ん坊が死んだようです」

「うむ、私が呼ばれて行った。死産だった」

「そうでしたか。こういう場合、長屋の者は二十四文の香典を渡すのが決まりとかで、わたしも大家の茂兵衛さんに渡しましたよ。ちょうど版下の仕事の金が入ったところだったので、どうにか払えましたがね」

「ほう、茂兵衛どのが世話をしているのか」

伊織は茂兵衛を見直した気分だった。

口では悪しざまに罵っているが、いざとなれば大家として、夘助・お良夫婦のために奔走しているようだ。

長屋の住人から一世帯あたり二十四文ずつ徴収すれば、合わせるとそれなりの額になる。嬰児の死体を寺の墓地に運び、穴を掘って埋葬する費用はまかなえるであろう。

どんなに貧乏でも、近所の人々から香典をもらえば、最低限の葬送だけはできる。まさに、長屋の住人の相互扶助だった。

「ところで、先生、わたしに話とはなんでしょうか」

「うむ、先日、そなたの話を聞いて以来、ずっと考えていたのだ。楊弓場の主人の松井松兵衛のことだ。

松兵衛は読み書きができたようだ。それなりに、なにか書き残していたのではあるまいか」

「日記のたぐいですか」

「楊弓場の主人が日記をつけていたとは思えぬが。しかし、いわゆる帳簿のたぐいはつけていたろう。同心の鈴木順之助さまと辰治親分が楊弓場を調べているが、そういう帳簿のたぐいはなかったようだ。ということは、松兵衛は家に置いていたのだと思う」

「なるほど、それは充分に考えられますね」

「女房のお伝に頼み、松兵衛の遺品を調べさせてもらおう」

「お伝が了承するでしょうか」

「私は一度、不忍池のほとりでお伝と顔を合わせてはいる。しかし、私が訪ねていって頼んでも、けんもほろろに断られるのが落ちだろう。

そこで、そなたの出番だ。

お伝は、そなたを町奉行所の役人と思いこんでいる。お伝が誤解しているうちに、それを利用するのだ。やや気が咎(とが)めないでもないが、お弘や松兵衛を殺した者を突き止めるためだからな」

「なるほど、わかりました。では、わたしは武士のいでたちをしなければなりませんね。

いつにしましょうか」

「早いほうがよい。明日、ではどうか」

「はい、かしこまりました」

明日の約束をしたあと、伊織は診療所を閉じた。

三

待ち合わせ場所は湯島天神の表門だった。

沢村伊織はひとりで、湯島天神の境内をぶらついてみた。

境内には芝居小屋や楊弓場、さらに茶屋が建ち並び、ほとんど盛り場と変わらなかった。

ただし、まだ朝のうちなので、さほど人出は多くない。

（ほう、ここにも楊弓場があるな。やはり矢場女は、奥の座敷で客を取るのだろうか）

だとすれば、神社の境内で隠し売女稼業をしていることになる。

伊織は楊弓場の建物をながめたあと、表門に引き返す。

表門のそばに春更が立っていた。羽織袴で、腰に両刀を差し、菅笠をかぶっている。

「境内をぶらついていた。では、行こうか」

「はい、ご案内します」

ふたりは参道を歩いた。

しばらく歩いたところで、横丁に入る。

天秤棒で竹籠をかついだ男が、こちらに歩いてくる。

男が大きな声をあげた。

「紙屑買おう、値をよく買おう、屑んぃ～、屑はござい」

伊織はハッとして、手ぬぐいで頬被りをした男の顔をまじまじと見た。

お良の亭主の夘助ではないかと思ったのだ。

もちろん、夘助ではなかった。初老の男で、着物を尻っ端折りし、足元は草鞋だった。

おそらく、夘助も今頃、どこかの裏通りを、呼び声をあげながら歩いているであろう。

「ここです」

春更が格子戸の前に立った。

伊織はやや離れてたたずむ。

声をかけ、格子戸を開けた途端、

「おや」

と、春更が驚きの声を発した。

伊織も家の中を見て驚いた。

行李や長持が並べられ、まさに引っ越しの準備の最中だったのだ。

手ぬぐいで姉さん被りをし、襷がけをしたお伝が玄関に顔を出した。

「おや、佐藤さまでしたか。いつぞやは、お世話になりました」

「家を移るのか」

「へい、後添えになることが決まりましてね」

お伝は明るい声で言った。

「えっ」

春更は唖然としている。

（ほう、もう再婚するのか）

伊織は内心でつぶやき、あらためてお伝をながめる。

先日、不忍池のそばで初めて顔を見たときは、憔悴しきっていた。ところがいま、お伝は化粧っ気こそないものの、その表情は生気にあふれている。新しい生活が待っているからだろうか。

「ほう、相手はどういう男か」

春更が好奇心をむきだしにする。

お伝はべつに隠そうともしない。

「取り持ってくれる仲人がいましてね。相手は箱屋という、いろんな木箱を作る職人です。弟子もいて、繁盛していましてね。

亭主が行方不明になったのを知って、仲人があたしを訪ねてきたのです。

『つい最近、女房を亡くした箱屋がいるんだが、後添えを欲しがっている。子どもはふたりいるが、上はすでに奉公に出ていて、下は七歳の女の子だ。おまえさん、箱屋の後添えにどうかね。先方は、子連れでもかまわないと言っている』

というわけでしてね。

そのときは、まだ亭主が死んだとわかっていませんでした。いくらなんでも、後添えにいくわけにもいきません。それで、いちおう、お断りしたのです。しかし、亭主が死んだとわかり、弔いも終わりましたからね」

「松兵衛の死体が見つかり、弔いも済ませたので、堂々と、いや晴れて後妻に行くわけか」

春更が、かなり露骨な言い方をした。

しかし、お伝はべつに眉をひそめるでもなく、

「あたしのほうは子どもがふたりですが、上は来年になればすぐ、どこかに奉公にやるつもりです。そうなると、夫婦と子どもふたりの四人暮らしですね」

と、晴れ晴れとした顔をしている。

そばで聞きながら、伊織はこれこそ庶民の実態なのだと痛感した。

亭主に死なれた女房が、女手ひとつで子育てをするのはほとんど不可能だった。働く場所がなかったのである。

女の職業の代表が女中・下女奉公だが、すべて住み込みである。子連れの女に職場はなかった。

そのため、亭主に死なれた女は、できるだけ早く再婚しようとした。

いっぽう、女房に死なれた男も、とくに子どもを残された場合、生活していく

のはほとんど不可能だった。

もちろん、女中や下女のいる裕福な家では女房がいなくてもやっていける。しかし、裏長屋の住人や、零細な商人の場合、家事と子育てを担ってくれる女房がいないかぎり、生活が成り立たなかった。

そのため、仲人業を営む者がいて、亭主を亡くした女と、女房を亡くした男を結びつけ、すみやかに再婚させたのである。

（妾稼業のお近や、矢場女をしていたお六は、あくまで例外だな）

伊織はひそかにつぶやく。

お近もお六も、自立どころか母親を養っている。しかし、妾稼業や矢場女だからこそできることだった。一般には、お伝のように再婚しなければ、生活も子育ても無理なのだ。

「ところで、書付けと言おうか、死んだ松兵衛が書き記した紙などはないか」

いささか毒気を抜かれた気味のあった春更が、ようやく本題に入った。

お伝があっさり言う。

「へい、証文だとか受取だとか、いろいろな紙の束がありましたね。それと、俳句に凝っていたので、俳句を書き散らした紙もありました」

「ほう、あるのか。それらを見せてほしい。松兵衛を殺した者を突き止めるためじゃ」

「じつは、前の亭主の物を、今度の亭主の家に持っていくわけにはいかないので、あたしも困っていたのですよ。すると、ちょうど紙屑買いが通りかかったので、これさいわいと、まとめて全部売り払いました」

「えっ」

伊織と春更が同時に叫んだ。

「そ、それは、いつのことだ」

春更があえぐように言った。

お伝は気の毒そうに答える。

「つい、さっきですよ」

伊織と春更は顔を見あわせた。

「さっき、すれ違った男だ」

「まだ遠くには行っていないはずです」

ふたりは血相を変え、走りだした。

＊

湯島天神の参道にたどりつき、ふたりで周囲を見まわしたが、紙屑買いの姿はない。

「いないな」

伊織が荒い息をしながら言った。

春更も肩で息をしながら言う。

「だいぶ人出が増えていますが、あの格好は目立つはずですがね」

「ところで、連中は、集めた紙屑をどこに持っていくのだろうか。まさか、自分の住まいではあるまい」

伊織はモヘ長屋の夘助の部屋を思いだす。

商売道具の竹籠と天秤棒は目にしたが、とくに紙屑の束などはなかった。

春更が説明する。

「連中は商家や長屋、武家屋敷などをまわって紙屑を買い取ると、浅草にある立場に持ちこみます。立場が紙屑を買い取ってくれるのです。

立場は集まった紙屑を舟に積み、隅田川をさかのぼって、千住宿の紙問屋に運びこみます。

千住宿の周辺の百姓は、副業に紙屑の漉き返しをやっていましてね。

百姓は紙問屋から受け取った紙屑を漉き返し、悪紙と呼ばれる再生紙を作るのです。

できあがった悪紙は紙問屋に納められ、ふたたび江戸に戻ってきます。

われわれが日ごろ、便所の落とし紙として使う悪紙は、もともと江戸で回収された紙屑なのです」

「ほう、そなたは、なぜそんなに紙屑買いの仕組みにくわしいのか」

伊織はいささか驚いた。

春更は照れ笑いをする。

「わたしは筆耕という商売柄、つねに紙に囲まれていますからね。以前、紙屑買いに、根掘り葉掘り尋ねたことがあるのです。戯作に生かせるかなという気もあったものですから」

「なるほど。ということは、いったん浅草の立場に持ちこまれると、もう探すのは難しいであろう。集まった紙屑の量は膨大だろうからな」

「先まわりして、浅草の立場のあたりで待ち受けましょうか」

「うむ、それもひとつの手だが」

伊織はすれ違ったときの光景を思い浮かべる。

天秤棒の前後につるされた竹籠は、ともに中身は半分にも満たなかったのではなかったか。

「竹籠がいっぱいになるまで、立場には行くまい。まだ、この近くにいるはずだ。手分けして探そう」

湯島天神の表門に向かって、左側の横丁を伊織、右側の横丁を春更が分担することにした。

表通りから奥に入っていく横丁には、路地と新道(しんみち)があった。

路地の両側には、裏長屋が続いており、いわば庶民の居住区である。

新道は、路地よりも道幅がやや広い。新道の両側には仕舞屋(しもたや)や、板塀(いたべい)に囲まれた家があり、いわゆる戸建てが建ち並んでいる。庶民の居住区には違いないが、やや高級と言えた。松兵衛の家があったのも新道だった。

伊織は路地を抜け、続いて新道を抜けた。多くの棒手振の商人が歩いていたが、さきほどの紙屑買いは見あたらない。

さらに別な路地を探し、別な新道も見まわった。

やはり、紙屑買いの姿はない。

新道を歩きながら、伊織がほぼあきらめかけたとき、一軒の仕舞屋の格子戸が開き、男が外に出てきた。

探している紙屑買いだった。

この家に呼ばれ、紙屑を買い取ったようだ。

伊織は男に歩み寄りながら、いざとなればどう言葉をかければよいのか、途方に暮れた。まったく考えていなかったのだ。

(ついに見つけた)

男は近づいてきた伊織を不審そうに見ている。

やや焦(あせ)りながら、口を開く。

「ちと、尋ねたいことがあるのだが」

「へい、なんでがしょう」

「さきほど、お伝の家……お伝と言ってもわからぬな、引っ越しの準備をしていた家で紙屑を買い取らなかったか」

「へい、へい、買いましたよ。おかみさんが、

『死んだ亭主が遺(のこ)した紙屑だよ』

　とか言っていましたがね。それがどうかしましたか」

「うむ、私は医者だが、死んだ亭主に、大事な薬の調剤法を書いた紙を渡したままになっておってな。その紙を探しておる。

　ほかの人間には珍紛漢紛(ちんぷんかんぷん)だろうが、私にとっては大事な物でな。探させてくれぬか」

　伊織は苦しまぎれの言いわけをした。

　男はいかにも迷惑そうに、

「探すったって、これだけの量がありますからね」

　と、前後ふたつの竹籠を示す。

　それぞれ、八分目くらい紙屑がたまっていた。

　たしかに、道端に紙屑を広げさせるわけにもいかない。また、商売の邪魔をしては気の毒である。

「そうだな、では、私がすべて買い取るのではどうか」

「え、全部、買い取ってくれるのですか。では……」

男は、立場に持っていけばどのくらいになるかを計算しているようだ。それに、どのくらい上乗せしようかと考えているのであろう。

伊織が思いきった提案をする。

「そなたに損をさせるわけにはいかぬからな。そうだな、一分、出そう。それでどうじゃ」

「えっ、小粒金と引き換えですかい。金一分なら、天秤棒も竹籠も、そっくり渡しますよ」

「いや、そなたの商売道具をもらっても、私は使いようがない。中身の紙屑だけでよいが、その代わり、下谷七軒町の私の家まで運んでもらうぞ」

そのとき、春更がやってきた。

自分の分担の横丁は、すべて歩き尽くしたのであろう。

伊織は春更の登場にほっとした。これで、紙屑買いの男も、もう断れなくなろう。

さりげなく春更に目配せし、丁重な言葉遣いをする。

「春更さま、この者が払い物を持っておるようでございます。とりあえずすべて買い取り、私の家に運ばせたいと思っておりますが、いかがでしょうか」

「うむ、それがよかろう。おい、そのほう、頼むぞ」

「へ、へい、かしこまりました」

男は武士もかかわっていると知り、緊張していた。

伊織が男を安心させる。

「約束の金はちゃんと払うからな。心配するな」

武家姿の春更、医者姿の伊織に、紙屑買いの男が天秤棒をかついで従う。

いささか珍妙な一行だった。

四

紙屑買いの男は空になった竹籠を天秤棒でかつぎ、いかにも満足そうに帰って行った。ふところには、もらった一分金がある。

男の姿が消えたあと、沢村伊織が言った。

「家の中に紙屑を広げるわけにはいかぬのでな。外でやろう」

そして、下女のお末に命じて、玄関前の地面に筵を敷かせた。

伊織の住む家は旗本屋敷の中にあった。旗本が家賃収入を得るため、敷地内に建てた借家である。

そのため、玄関前は道ではない。筵を敷いても、通行人の邪魔にはならなかった。

「ここに紙屑を広げ、調べていこう」

伊織が筵の端に位置しながら、言った。

春更は反対側の端に位置する。すでに腰の両刀を外し、羽織と袴も脱いでしまっていた。

「はい、意外と簡単に見つかるような気がします」

紙屑の量は多かったが、文字が書かれているものは少なかった。

油じみた紙が多いが、これは箱枕に敷いたものであろう。髪の油が滲んでいた。

そのほか、鼻をかんだ紙もある。さらに、房事の後始末に用いたとおぼしき紙もあった。

子どもが手習いで用いたらしい紙もあったが、何度も重ね書きをしているので、墨で真っ黒になっていた。なんという字を練習したのかも、ほとんど判読できないほどである。紙が貴重品であることの証だった。

あきらかに探し求めているものと違う紙屑は、そばの笊（ざる）に放りこんでいく。あとで、お末に命じて、紙屑買いに売り払うつもりだった。

伊織が、松井松兵衛の遺品と思われる紙の束を見つけた。お伝がまとめて売り払ったので、塊（かたまり）になっている。

「このあたりが、松兵衛の物らしいぞ。手分けして見ていこう」

「はい、商売柄、文字を読むのは慣れていますから」

自慢するだけあって、春更は手際がよかった。

どんな紙片でもゆるがせにはせず、かならずきちんと目を通して、内容を確認していた。しかも、読解が早い。伊織はとてもかなわないと思うほどだった。

そして、発見したのも春更だった。

「先生、これを見てください」

その声が高ぶっている。

伊織も緊張して紙を受け取った。

六や品という名のあとに、漢数字が並んでいる。

矢場女のお六やお品が取った客の数のようだった。やはり、きちんと記録していた。

松兵衛が几帳面だったのがわかる。

目で追っていくと、弘の字があった。お弘であろう。やはり、漢数字が並んでいたが、最後に、

する河台　酒井たてわき

と、小さく書かれていた。

とくに目的があったというより、念のために書き留めたようである。自分の覚えのためと言おうか。

(やはり、あった)

伊織は不思議な感動を覚えていた。

ついに見つけたのである。

「駿河台に屋敷のある、旗本の酒井帯刀(さかいたてわき)ということだろうか」

「はい、間違いありますまい」

「駿河台と酒井帯刀で、屋敷は突き止められるか」

「『江戸切絵図』には、幕臣の屋敷が記載されています。

同じ幕臣でも、御家人は組屋敷などにいっしょくたにされ、姓名はありません。しかし、旗本はきちんと姓名が記されています。切絵図の『飯田町駿河台小川町』を見れば、酒井帯刀の屋敷の場所はわかるはずです」

「そうか。では、これからどうするかだが」

「駿河台に行き、酒井家の屋敷をのぞいてみましょうか」

「いや、迂闊に動かないほうがよいぞ。とりあえず、辰治親分に知らせよう。親分から、同心の鈴木順之助さまには知らせてもらう。

しかし、武家屋敷には町奉行所の役人も岡っ引も、踏みこむことはできないからな。さあ、これからどうするか」

お弘をお美代の方、高山を中野清茂にたとえると、将軍家斉にあたるのが酒井帯刀であることまでは突き止めた。興奮で胸が高鳴る。

しかし、次の手が思いつかない。

伊織は腕を組み、ため息をついた。

「あれ、春更さん」

素っ頓狂な声がした。

越後屋の助太郎だった。

月代を剃った額がつやつやしている。元服をして、前髪を落としたのだ。

背後に、丁稚を従えていた。

つい先日まで、薬箱を持って伊織の供をしていた助太郎が、いまでは丁稚に供をさせて外出しているわけだった。

「おや、知っているのか」

伊織は驚き、春更と助太郎の顔を交互に見た。

考えてみると、ふたりに面識があっても不思議ではない。

越後屋は本屋だが、出版・印刷・製本業も兼ねている。筆耕の春更が越後屋に出入りするのは、ごく自然だった。

「わたしは、先生の弟子ですがね。助さんは、どうして先生を知っているのですか」

「わたしは、先生の弟子だったのですがね。春更さんこそ、どうして先生のところへ」

お互いに相手を不思議がり、尋ねている。

伊織が笑いながら、それぞれのいきさつを簡単に説明した。そして、助太郎に言う。

「見違えたな。すっかり越後屋の若旦那ではないか」

元服を終えたばかりとは思えない。体格がよいこともあって、助太郎は十八、九歳と言っても通るであろう。

「まだ若旦那という呼び名に慣れないものですから、人から若旦那と呼びかけられても、自分のことと気づかないことがあります」

助太郎が笑った。

続いて、背後の丁稚を振り返る。

「おい、お出ししなさい。

遅くなりましたが、ご挨拶（あいさつ）を兼ねまして」

丁稚が手に提（さ）げた竹籠には、底に笹竹（ささだけ）が敷き詰められ、その上に数尾（すうび）の鯛（たい）が載っていた。

「気を遣わせたな。ありがたく頂戴（ちょうだい）しよう」

「いまは春更さんが、先生の供をしているのですか」

助太郎の口調は羨ましそうだった。

かつては伊織の検死に同行し、危険な場面も何度か経験していたのだ。助太郎にしてみれば、もっともワクワクする時期だったであろう。

春更が言った。

「ただ右往左往しているだけでしてね。助さんが先生の弟子だったとは知りませんでしたよ」

「弟子といっても、薬箱をかついで供をしていただけですがね。それでも、何度か悪人を捕らえる手伝いをしました。同心の鈴木順之助さまや、岡っ引の辰治親分ともすっかり縁がなくなり、ちょっと寂しい気もします。

お父っさんに言わせると、

『それだけ冒険をしたんだ。もう充分だろう』

とのことでしてね。

あたしも、お父っさんには逆らえないものですから」

「ところで、助さん、越後屋に江戸切絵図はありますかね」

「売り物ではありませんが、切絵図は置いています。

お大名やお旗本のお屋敷に、全二十巻とか全三十巻の本をお届けすることがあるものですから、必要なのです」

「これから越後屋にうかがい、駿河台の絵図を見せてもらうわけにはいきませぬか」

「ええ、かまいませんよ。では、これから一緒に行きましょう。お父っさんに、春更さんが先生の弟子になったことを伝えます。お父っさんも先生のことはよく知っていますから、奇縁に驚くはずですよ」

春更は、帰宅する助太郎に同行するつもりのようである。

そんな春更に伊織が声をかけた。

「帰りに寄って、夕飯を食べていってはどうか。いただいた鯛を、さっそく、お末に料理させよう」

「わかりました。鯛と聞いては、万難を排しても駆けつけます。そうそう、最後は鯛茶漬けで締めたいですね」

春更が力強く答えた。

第四章　再　婚

一

　沢村伊織が往診から戻ると、岡っ引の辰治が煙管で煙草をくゆらせながら待ち受けていた。

「ちょうどよかった。一段落したら、親分のところに行こうと思っていたのです」

「ほう、なにか、わかったのですか」

「はい、かなり核心にまで迫りましたぞ」

　伊織は得意げな口調にならないよう、自分をおさえた。

　しかし、つい頬がゆるむのはどうしようもない。

　まずは、辰治に向かいあって座った。

とりあえず、きっかけから話す。

「楊弓場の主人の松井松兵衛は、読み書きのできる男だったのに着目したのです。そこで、春更とふたりで松兵衛の女房のお伝を訪ねたのですがね」

お伝が再婚することになり、引っ越しの準備をしていたこと、まさにぎりぎりで間に合ったことを語った。

さらに、紙屑買いを追いかけ、ついに松兵衛の書き物を入手するまでの顚末を述べた。

「ほう、ほう」

相槌を打ちながら、辰治は神妙な顔で聞き入っている。

しかし、その表情は、どこか笑いをこらえているかのようでもある。

伊織は辰治の反応が気になりながらも、話を続けた。

「そして、春更とふたりで紙屑を点検していったのですがね。ついに見つけました」

「ほう、松兵衛は書き残していたのですか」

辰治が驚いたように評した。

伊織はあえて、ひと呼吸置き、重々しく言った。

「わかりましたぞ。駿河台に屋敷のある、旗本の酒井帯刀さまです」

「なるほど、それで裏付けられましたな」

「え、裏付けられたというと……」

「いえね、わっしのほうでも旗本の酒井帯刀さまとわかったので、じつはお伝えにきたのですよ」

「ということは、すでに、わかっていたのですか」

伊織は愕然(がくぜん)とした。

これまで得々と語ってきた自分が急に恥ずかしくなる。顔が赤らむ気がした。

辰治があわてて言った。

「いや、申しわけない。せっかくの先生と春更さんの手柄話(てがらばなし)ですから、途中でさえぎるわけにもいきません。ともかく、最後まで聞こうと思ったのです。

他意はなかったので、勘弁してください」

「まあ、私のほうも、張りきりすぎたかもしれませぬな」

「いえ、そんなことはありませんがね。じつは、酒井帯刀と判明したのは、先生のおかげでもあるのです」

「どういうことですか」

「春更さんがお品から、駿河台という地名を聞きだしてきましたな。駿河台と知って、鈴木の旦那が言いましたよ。

『おい、先生が、お弘の死体は俵に詰められて運ばれたらしいと見抜いたな。これで、調べがつきそうだぞ』

まさに、鈴木の旦那が閃いたわけでしてね」

同心の鈴木順之助は一見、茫洋としているが、鋭敏かつ緻密な頭脳の持ち主だった。伊織もかねてから、鈴木には一目置いていた。

「ほう、どういうことですか」

「鈴木の旦那が言うには、死体を俵に詰めて運ぶには、最低でもふたりの人足が必要なはず。駿河台あたりで、俵を天秤棒でさげた人足ふたりが歩いていたら、いやでも目立つ。あのあたりの武家屋敷の門番や、辻番の番人がきっと姿を見ているであろう――ということでしてね。

『おい、辰治、子分も動員して、駿河台で聞きこみをしろ』

と、なったのですよ」

「ほう、それで、わかったのですか」

「はい、鈴木の旦那の見込みどおり、辻番の爺さんが見ていました。しかも、誰の屋敷の裏門から出てきたかも覚えていたのですよ。いったい、なにを運んでいるのだろうと、不思議に思ったそうでしてね。

　そこで、辻番に教えられた屋敷を調べたのです。わかりましたよ。酒井帯刀、五千二百石の旗本ですな。高山作右衛門という家臣がいます」

「なるほど、たちどころにそこまでわかったわけですね。得意になっていた自分が恥ずかしいですな」

　伊織はあらためて、岡っ引の捜査能力に感心した。

　自分も春更も、しょせん素人だったということであろう。伊織はいささか徒労感を味わった。

「で、これからどうするつもりですか」

「武家屋敷には手を出せませんからな。酒井家の中間に狙いを定めるつもりです。俵を運んだ人足は、酒井家の中間に違いありませんからね。

　ともかく、なにか進展があれば、お知らせしますよ。

　それにしても、お伝はもう後添えに決まったのですか。

　ふ～む。油断も隙もならないとは、このことですぜ。

　もし、わっしがぽっくり死ぬと、埋葬の三日後には、女房のもとに仲人が再婚話を持ちこんでくるかもしれませんな」

「親分のお内儀（ないぎ）は汁粉屋（しるこや）をやっていますからね。亭主がいなくても生活していけます。再婚はしないでしょう」

「そうですかねえ。あの女のことですから、『前の亭主は外をほっつき歩いてばかりいたから、今度は店を手伝ってくれる亭主がよい』なんぞと、仲人に注文をつけかねませんぜ」

ぶつぶつ言いながら、辰治が帰っていく。

＊

辰治が帰ったあと、伊織はひとり考え続けていた。

たしかに、調べは大きく進展した。

しかし、どこか違和感があったのだ。

なにかを見落としていると言おうか、なにかを見誤っていると言おうか。

もう一度、最初から出来事を順に思いだしていく。

それぞれ、疑問は解決されていた。

しかし、ひとつ、もやもやとした疑念があった。

不忍池に浮かび、引きあげられた土左衛門である。

(あの溺死体は、本当に松井松兵衛だったのだろうか)

水から引きあげられた土左衛門は腐敗が進行し、容貌も体形もまったく変わっていた。

松兵衛の身体に特徴的な痣などなかったのは、女房のお伝が証言している。持ち主に結びつくような所持品も皆無だった。また、衣類も泥水で汚れており、決め手にはなっていない。

女房のお伝には、死体が松兵衛とは断定できなかったはずだ。もちろん、松兵衛ではないという断定もできなかったろうが。

では、なぜお伝は松兵衛だと認めたのか。

女房のお伝が、「亭主とは思えません」と言いさえすれば、土左衛門は町内の負担で無縁仏として葬られる。

お伝の負担はなにもない。

ところが、亭主と認めると、女房のお伝が土左衛門を葬らなければならないのだ。その出費はかなりのものになろう。

お伝は出費を覚悟してまで、なぜ土左衛門を松兵衛と認めたのか。

ここに、謎を解く鍵がありそうだった。

不忍池のほとりで初めて会ったお伝。湯島天神門前の家で二度目に会ったお伝。顔つきは見違えるほどだった。

伊織はハッとした。

（再婚だ。再婚のためだったのではなかろうか）

お伝は、亭主の松兵衛の行方が知れなくなり、苦慮していたろう。このままでは、いずれ生活が立ちいかなくなる。子どももふたりいた。

仲人が好条件の再婚話を持ちこんできたが、亭主が行方不明の状態では受けるわけにはいかない。

再婚するためには、亭主に死んでもらわねばならないのだ。

たまたま身元不明の土左衛門が引きあげられ、お伝は確認を求められた。

お伝にしてみれば、渡りに船の機会だったのではなかったろうか。「松兵衛ではない」という、確固たる証拠さえなければよかったのだ。

そして、松兵衛ではないという証拠はなかった。つまり、松兵衛の可能性はあった。

そこで、お伝は土左衛門を亭主と認めたのだ。

こうして、土左衛門は松井松兵衛として正式に葬られ、お伝は晴れて後家となった。もう、再婚は自由である。

（そうか、そういうことだったのか）

伊織は思わず声をあげて笑った。

お伝の打った大芝居に、喝采を送りたい気分だった。

したたかな女という形容はできよう。しかし、悪女や毒婦として糾弾するつもりは毛頭なかった。

お伝としては、ふたりの子どもを育てなければならなかったのだ。再婚が唯一の道だった。

あっぱれと評してよかろう。

だが、ここで、あらたな疑問が生じる。

（では、土左衛門は誰なのか）

土左衛門が松兵衛でないとすれば、松兵衛はまだ生きているのか。そしていま、松兵衛はどこにいるのか。

伊織は深沈と考え続けた。

二

神田川の南岸の土手には、およそ十町（約一キロ）に渡って柳が植えられ、柳原堤と呼ばれていた。

柳原堤には、古着や古道具を売る簡易な床店がひしめいていたが、営業するのは明るい間だけである。日が暮れると、床店はすべて閉じられるため、昼間のにぎわいが嘘のように寂しくなる。

そんな夜の柳原堤に出没するのが、街娼の夜鷹だった。

一方で、柳原堤には夜鷹を求める男がやってくるため、夜になってもまったく人通りが絶えることはなかった。

月が明るく、満天の星も輝いている。提灯がなくても歩けるほどだった。

「親分、野郎は夜鷹を買うつもりでしょうかね」

子分の惣作が小声で言った。

岡っ引の辰治は、前方を行く男の背中を見つめたまま返事をする。

「おそらく、そうだろうな。夜鷹を買う前に、暗がりに引っ張りこもう。さあ、行くぞ」

「へい」

ふたりは足を早めた。

前を行くのは、旗本・酒井家の中間だった。看板法被は着ていないので、中間としての外出ではない。

辰治と惣作は、酒井帯刀の屋敷の裏門を見張っていて、中間がひとりで出てくるのを見て、あとをつけてきたのだ。

中間に追いつくと、辰治と惣作は左右から腕を取った。

「おい、ちょいと話を聞かせてもらおう。騒ぐと、痛い目に遭うぜ。こっちに来てもらおう」

床店の陰に引っ張りこむ。

途端に、足元から怒声がした。

「なにしてんだい」

しゃがれているが、女の声だった。

惣作が手にした提灯で照らすと、夜鷹と客の男が茣蓙の上で重なっていた。

月明かりと星明かりがあるため、かえって陰になった場所の闇は濃い。辰治も夜鷹が営業中なのには気づかなかったのだ。

分厚く白粉を塗っていたが、そのしゃがれ声からも、夜鷹がかなり高齢で、不健康なのがわかる。

客の男は商家の下男のようだった。年齢は四十を超えているであろう。

夜鷹の揚代は二十四文とも、蕎麦一杯の値段と同じとも言われていた。かけ蕎麦だとすれば、一杯の値段は十六文である。

「見物なら、銭を払いな」

夜鷹は男を上に乗せたまま、ふてぶてしい。

客の男のほうは、懸命に顔を伏せていた。

「すまねえ。道を間違った。勘弁してくれ。

商売の邪魔をしちまったな。ほかへ行くから、どうか続けてくんな」

辰治はあっさり夜鷹と男に謝まった。

そして、中間を別な床店の陰に引っ張りこんだ。

惣作が提灯で中間の顔を照らす。年齢は三十前くらいだろうか。

恐怖で血の気の失せた男の頬を、辰治が十手でピタピタと叩いた。

「お上の御用だ。正直に答えさえすれば、このまま帰してやる。もし、知らぬ存ぜぬを通すなら、今夜は自身番で過ごしてもらうことになろうな。屋敷には戻れないぜ」

「へい、知っていることはなんでもお話ししますので、勘弁してください」

「まず、てめえの名は」

「へい、浜吉(はまきち)です」

「先日、俵をかついだときの相棒の名は」

「俵をかついだと言いますと……」

浜吉が恐る恐る問い返す。

その目には不安があった。

辰治がすかさず怒鳴る。

「とぼけるな。もう、全部わかっているんだぜ。山下の楊弓場に、俵を運んだろうよ」

「へい、畏(おそ)れ入ります。相棒は三太(さんた)です」

「てめえらを率いた家臣の名は」

「へい、小野寿太郎(おのじゅたろう)さまです」

「てめえと三太が運んだ俵の中身はなにか、知っているか」

「小野さまからはなにも聞かされておりません。ただ、運べと命じられただけでして。あっしと三太は、命じられたとおりに俵を運んだだけでして、はっきりしたことは知りません」

「しかし、うすうす察しはついているであろう。三太とも話したろうよ」

浜吉は無言である。

下を向き、いかにもつらそうだった。

「では、わっしが言ってやろう。俵の中身は女の死体だった。命じられたとはいえ、てめえは死体を俵に詰めて運んだことになる。ここでわっしが召し捕れば、てめえは小伝馬町の牢屋敷に送られるだろうな。牢屋はつらいぞ。さあ、どうなるかな。

しかし、わっしが目をつむり、てめえを放免してやるという方法もある。

てめえは屋敷に戻っても、口をつぐんでいたほうがいいぜ。岡っ引に調べられたなどと言おうものなら、小野寿太郎という家臣から口封じをされる。連中は、てめえら中間など、虫けら同然と思っているからな。

素知らぬ顔でしばらく過ごし、折を見て酒井さまの屋敷を辞めることだ。口入屋に行けば、この節、渡り中間の口はすぐに見つかるだろうよ。どこかの武家屋敷にもぐりこめばよい。

どうだ、てめえ次第だぜ」

「へい、親分の言うとおりにします」

「よし、じゃあ、俵を運んだ日のことを、すべて話しな。そうすれば、黙って帰してやる」

「へい、すべてお話しします」

浜吉は観念したようだ。

「あの日の昼過ぎでした、小野寿太郎さまから急に俵を用意しろと言われまして、あっしは物置で空の米俵を探して、持っていったのです。

それからしばらくして、あっしと三太が呼ばれて、小野さまに俵を山下まで運べと言われましてね。

いつの間にか、俵は膨らんでいました。持ちあげると、かなりの重さでしたね。米一俵とまではいきませんが、それに近い重さでした。

六尺棒(ろくしゃくぼう)で俵をつるして、三太とあっしのふたりで、お屋敷の裏門から出て、運んだのです。小野さまも一緒でした。

山下についたのは、日が暮れかかるころでしてね。しばらく待てと言われて、あっしらは芝居小屋の裏で待っていたのです。

そのうち、どこかへ行っていた小野さまが戻ってきまして、それから楊弓場の裏手に入りました。楊弓場はもう閉じていたようで、誰もいませんでした。あたりは薄暗くなっていました。

小野さまの命令で、座敷の中に俵を運びこみ、おろしたのです。

すると、小野さまが小粒金をくれましてね。

『よし、ふたりはもう、屋敷に戻ってよい。このことは誰にも言うな。この一分は手間賃じゃ。ふたりで分けろ』

ということでしてね。

それで、あっしと三太は俵と小野さまを残し、六尺棒だけを持って屋敷に戻ったのです。そのあとのことは、なにも知りません」

「小野さまはなにも言わなかったにしろ、てめえと三太で俵の中身について、あれこれ話をしたろうよ。ふたりが黙っていたはずはねえ」

「へい、帰り道、俵の中身について、もちろん三太と話をしました。おたがい、死体じゃなかろうかと疑いました。

しかし、もし死体だったら、面倒に巻きこまれますからね。それで、ふたりで、おたがい気がつかなかったことにしようと申しあわせたのです。

あとでお役人などに問われた場合、

『小野さまに言われたとおりに運んだだけです。俵の中身は知りません』

と答えるようにしようと約束しました。

その後、三太と俵の話をしたことはありません。三太の野郎も、一分の半分の二朱をもらいさえすれば、もう自分はかかわりはないという気分でしょうな。

あっしも、お屋敷で小野さまと顔を合わせても、俵を運んだことなど忘れた顔をしています」

「よし、よくわかった。ところで、酒井さまのお屋敷には高山作右衛門というご家来もいるはずだな」

「へい、それが、高山さまの行方が知れないのです。女と駆け落ちしたというのが、もっぱらの噂ですがね」

「ほう、いつから行方不明なのか」

「あっしらが俵を運んだ日と前後すると思いますが、はっきりしたことは覚えておりません」

「ふむ、そうか。よし、もう帰っていいぜ。三太にも、今夜のことは黙っていろ。夜遅くなって屋敷に戻った理由は、夜鷹を買っていたことにすればよかろう。さっきも言ったように、折を見て酒井さまの屋敷を逃げだすことだ」

「へい、親分の言うとおりにします」

浜吉が頭をさげ、柳原堤を帰っていく。

辰治は浜吉を見送りながら、考え続けた。

お弘が、酒井家の屋敷内で絞殺されたのは間違いあるまい。ただし、誰が殺したのかは不明である。

小野寿太郎が死体の始末をすることになった。そして、死体の放置場所が山下の楊弓場だった。

浜吉と三太にお弘の死体を楊弓場の座敷に運ばせ、ふたりを帰したあと、小野は俵から死体を取りだした。そして、死体を放置したまま、去る。俵は途中で捨てたのであろう。

しかし、俵に詰めたお弘の死体の処分は、駿河台からほど近い神田川に放りこめば、もっと簡単だったはず。なぜ、わざわざ山下まで運ぶ手間をかけたのか。楊弓場は、かつてお弘が矢場女をしていたところである。ということは、小野はお弘の経歴を知っており、ことさらに楊弓場を選んだのであろう。

一方、高山作右衛門の行方不明は、なにを意味するのか。

辰治は判明した事実をすべて告げ、沢村伊織の推理を聞いてみたい気がした。

酒井帯刀という姓名の判明に関しては、伊織に恥ずかしい思いをさせる結果になった。

しかし、辰治は、松井松兵衛の書き残した紙片に着目し、酒井帯刀に迫っていった伊織の手法に感心していたのだ。

同心の鈴木順之助はもちろん、辰治が想像もしなかった手法だった。

(あの先生の考え方は、ちょいと俗人とは違うところがあるからな)

辰治は鈴木に報告するのはもちろんだが、伊織にも報告しようと思った。

三

大久保村には田畑が広がっているほか、御家人の組屋敷があり、さらに町屋もある。

「先生、親分、あれは朱鷺ではないでしょうか」

春更が前方を指さした。

その声ははずんでいる。朱鷺を見て、心が浮きたっているようだ。

稲刈りが済んだ田んぼで、数羽の朱鷺が餌をついばんでいる。

全体に白色だが、尾羽の部分は淡紅色で、顔も脚も赤い。嘴は長く、下方に湾曲していた。

岡っ引の辰治はちらと朱鷺に目をやっただけで、悔しそうに言った。

「それだけ、大久保村は広いってことでさ。

大久保村は、正式には東大久保村と西大久保村に分かれているそうでしてね。

わっしもうっかりしていましたよ。お伝が大久保村と答えたとき、東か西かと確かめればよかったのですがね」

「大久保村とわかっただけでも、大きな手がかりですぞ」

沢村伊織は、東と西の区別を忘れていたのはうっかりだとしても、やはり辰治はたいしたものだと思った。

というのも、辰治は松井松兵衛の女房のお伝を訪ねたとき、ほとんど情報は得られなかったものの、念のため、松兵衛の出身地を質問した。そして、「大久保村の百姓の倅」という回答を得ていたのだ。

かたや、伊織もお伝を訪ねたが、松兵衛の出身地を確かめるなど、思いも及ばなかった。

「そろそろ、春更さんの出番ですぜ」

辰治が言った。

そもそも伊織が、松兵衛は生きているのではなかろうかと言いだしたのが発端だった。では、確かめようということで、三人は出かけてきたのである。

もし隠れているとすれば、実家の農家であろうというのが根拠だった。

ただし、男三人が連れ立って農家を訪問し、松兵衛の所在を尋ねてまわれば、いやでも目立つ。察知した松兵衛は、すばやく逃げ出すかもしれなかった。

そこで、伊織が立案した作戦はこうだった——。

いちばん若い春更が旅支度をし、青梅に行く途中をよそおう。

そして、知りあいのお伝に荷物を託されたという理由で、松兵衛の実家を探すというものだった。近くに青梅街道が走っているので、ちょっと寄って荷物を届けてくれと頼まれたというのは、自然な成り行きである——。

かくして、春更は着物を尻っ端折りし、足元は草鞋だった。首には風呂敷包をくくりつけている。

人には商家の手代に見えるであろう。

一軒の農家を指さし、春更が言った。

「では、最初に、あの百姓家に行きますかね。

肝心の口上は、

『江戸の山下というところで楊弓場をやっていた、松兵衛という人を知らないかい。おかみさんのお伝さんから預かった物があり、届けたいのだが、家がはっきりしなくてね。事情があって、松兵衛さんはこちらに来てるはずなんですがね』

と、こんな具合でよいでしょうか」

「うむ、それでよかろう」

伊織がうなずいた。

辰治が受けあう。

「おめえさんはどことなく愛嬌があるから、先方も怪しまないはずだ。わっしと先生は、離れた場所から見ているぜ。三人が仲間と思われちゃあ、警戒されるからな。

もし松兵衛がいるとわかったら、片手を背中にまわして振ってくんな。それが合図だ」

「はい、心得ました」

春更が一軒目の農家に向かう。

ただし、収穫はなかった。夫婦は農作業に出かけていて、家にいたのは老婆と幼い子どもだけだった。しかも、老婆は耳が遠く、話がほとんど通じなかった。

「駄目でした」

春更は苦笑しながら、次の農家に向かう。

その後も空振りが続いたが、四軒目の農家で、ようやく松兵衛の実家がわかった。村としては、東大久保村のようだ。

「前庭に大きな欅のある家だそうです。つい最近、道で松兵衛を見かけたと言っていました。松兵衛が実家に隠れているのはたしかです」

春更が勢いこんで報告した。

辰治が感に堪えぬように言う。

「ほう、やはり松兵衛は生きていたわけですか。先生の見抜いたとおりでしたな。たいしたものですぜ」

その後は、春更が農家で教えられた道を行く。

あとに、竹の杖を手にした伊織と、ふところに十手をおさめた辰治が続いた。

欅の大木が見えた。すでにほとんど葉を落としているので、枝が天に向かって箒のように広がっている。

門も塀もないので、道からすぐに前庭に入れる。

前庭の一部は畑になっていて、大根と青菜が植えられていた。畑のそばに、欅などの枯れ葉が積み重ねられていた。

前庭の隅に、小屋が二棟ある。ひとつは物置で、もうひとつは異臭がただよってくるので外便所のようだ。壁のそばに置かれた桶は、肥桶であろう。

茅葺き屋根の母屋に向かって足を進ませながら、春更はやや戸惑っていた。農家は初めてなので、どこで声をかけるべきか、迷っているのだ。

突然、一匹の犬が駆け寄ってくるや、激しく吠えはじめた。小さな犬なのだが、春更のすぐそばまで来て、牙をむきだしている。

「待て、待て、怪しい者ではない」

春更はかなりうろたえていた。

犬が苦手のようだ。逃げると犬は追ってくるので、逃げるに逃げられないでい

る。

そのとき、土間の奥から男が出てきた。

大戸は開いているのだが、農家の土間は広いため、陽射しのある前庭から見ると内部は真っ暗である。男はまるで深い洞窟から出現したかのようだった。

陽射しに目を細めながら、男が、

「どうした、静かにしねえか」

と、犬を叱る。

年のころは四十前くらいで、桟留縞の布子を着ていた。

春更が声をかける。

「松兵衛さんかね」

「おめえさんは？」

「ずいぶん探したよ。わたしは青梅に行く途中なのだが、お伝さんに頼まれた物があってね」

「え、お伝から。どうしてここが」

松兵衛は訝しそうに、前庭に進み出てきた。しかし、春更の背後に、伊織と辰治がいるのに気づいたようである。

さっと身をひるがえすと、土間に駆けこみ姿を消した。

犬が狂ったように吠える。

辰治はすばやく状況を見て取り、

「先生と春更さんは土間に入って、やつを追ってください。わっしは、裏戸にまわりやす」

と指示するや、自分は母屋の横を駆け抜けて裏にまわる。

伊織と春更は大戸のところで立ち止まり、まず土間の奥を見つめて目を慣らした。

中に足を踏み入れると、松兵衛が鎌を手にして立っていた。

「てめえら、何者だ」

「わっ」

春更が鎌を見て、あとずさる。

伊織は相手を落ち着かせるように、静かに語りかけた。

「私は医者だ。ひょんなことから、楊弓場で見つかった女の死体と、不忍池で見つかった男の死体を検分した。それなりに事情も聞いた。

このままだと、そなたに疑いがかかるぞ。きちんと真相を述べてはどうか」

「どうせ、信じてはもらえないよ。侍には逆らえないってことさ」

「そなたはもう、死んだことになっている。知っているか」

「えっ、どういう……」

松兵衛の言葉が唐突に途切れた。

裏戸からそっと土間に入った辰治が背後から飛びかかり、組みついたのだ。

「くそう、放せ」

松兵衛が鎌を振りまわす。

このままでは辰治が怪我をしかねないと見て、伊織が手にした竹の杖で松兵衛の腹部を突いた。

突きを受け、松兵衛が「うっ」とうめいて動きを止める。すかさず、伊織が杖で松兵衛の右手を、ピシリと撃った。

鎌がポロリと土間に落ちた。

「拾いなさい」

伊織が命じたが、春更の身体は動かない。

身体が竦んでしまったようだ。

やむをえず、伊織が足で鎌を床下に蹴りこんだ。

（おい、それでも武士か）

内心、伊織は叱責したくなったが、ハッと気づいた。春更は武士の家に生まれたというだけで、あくまで戯作者志望の筆耕なのだ。

「倅を勘弁してやってくだせえまし」

伊織はギクリとして、声が発せられたほうを見た。

土間からあがったところは板張りの部屋で、中ほどに囲炉裏があった。囲炉裏のそばに老婆がいたのだ。松兵衛の母親であろう。

「倅に、手荒なことはしないでくださいまし」

母親がなおも懇願する。

すでに、松兵衛は土間にへたりこんでいた。もう観念したようだ。

辰治が言った。

「お袋さんの目の前というわけにもいかねえな。外に出よう」

松兵衛を立たせ、裏戸から外に出る。

母親に向かい、辰治がいつになく優しい言葉をかけた。

「お袋さん、心配しなさんな。ちょいと話を聞くだけだ。すぐに返してやるからな」

「お願(ねげ)えします」

囲炉裏端で、母親が頭をさげた。

*

裏庭には井戸があった。

「手間をかけさせやがって」

井戸のそばに松兵衛を引き据え、辰治が言った。まずは十手を見せ、お上の詮議(せんぎ)だと申し渡す。

松兵衛は黙ってうつむいている。

「てめえはもう、死んだことになっている。不忍池から引き揚げられた土左衛門を、お伝が亭主だと認めたのでな。寺はどこか知らないが、墓もできているはずだぜ」

「え、まさか。女房はいま、どこにいるのでしょうか。使いを立てて言伝をしてもらったのですが、すでに引っ越ししていたとかで、湯島天神門前の家はもぬけの殻だったようでして」

「仲人をしてくれる人がいて、誰やらの後妻になったようだぜ。子どもを連れて、先方の家に嫁入りしたのさ」

「そうだったのですか」

松兵衛が、がっくりと肩を落とした。

全身から力が抜けたようだ。いまは絶望感が大きいが、しばらくすると怒りがこみあげてくるであろう。

「てめえ、女房子どもをこっそり呼び寄せるつもりだったのか」

「へい、青梅街道に茶屋の売り物がありましてね。あらたに茶屋商売をするつもりだったのです」

「ほう、せっかくの計画が台無しになって、気の毒だったな。お伝も亭主が死んだと思ったのだから、しかたがあるまいよ。

さあ、ここまで話したのだ。あとは、洗いざらい、知っていることをしゃべってもらうぜ。まず、高山作右衛門とお弘のいきさつからだ」

「へい。高山さまは何度か楊弓場に来るうち、お弘の馴染みになりましてね。話をするうち、高山さまはお弘が利用できると気づいたのではないでしょうか。お弘は抜け目がないと言うのか、どうにかして矢場女を抜けだしたいと企んでいる女でした。お弘にしてみれば、高山さまは出世の糸口だったでしょうな。

こうして、お互いの思惑がぴたりと合ったのですよ。

ある日、高山さまが、お弘を引き取りたいと言ってきましてね。お弘はあたしに借金があったのですが、それは高山さまがきちんと払ってくれました。遊女でいえば、身請けのようなものですな。

そのとき、うかがったのですが、高山さまは駿河台にお屋敷のある、旗本の酒井帯刀さまのご家来ということでした。お弘は駿河台に引き取られたことになりましょう。

それから先のことは、あたしごときがうかがい知ることはできません。しかし、高山さまはお弘を姪とか遠縁の娘とか言って、親類の娘に仕立てあげ、酒井家に腰元として奉公させるつもりなのだろうと思いました。これは、あたしの想像ですがね」

松兵衛は自分の想像だと言った。

しかし、その想像は、ほぼ的中していたのだ。

「なるほどな。ちょいと待っていてくれ」

そう言うと、辰治がひとりで裏戸から母屋に入っていった。

しばらくして、辰治が煙管をくゆらせながら戻ってきた。

「囲炉裏の火を借りたのよ。煙草が吸いたくなってな。そういえば、てめえの兄貴と嫁がいたが、心配するなと言っておいた。

さて、お弘が高山さまに引き取られておよそ一年後、お武家が楊弓場に現れたわけだな。誰だ」

「おでこの大きな人でした。最初は知りませんでしたが、あとで小野寿太郎さまとわかりました。そのときは知らなかったのですが、話の都合上、小野さまと申し上げます。

小野さまが言うには、

『ちょいと付き合ってくれ。手間賃は取らせるぞ』

とのことでした。

とても断れる雰囲気ではありませんでね。駕籠（かご）に乗せられ、連れていかれたのは、お武家屋敷でした。

裏門から入り、右に曲がったり、左に曲がったりしたあと、お庭に出ました。

『ここに控えておれ』

と言われて、植えこみの陰にしゃがんでいたのです。どれくらい待ったでしょうか、あたしは小便がしたくなってきたのですが、我慢するしかありません。

突然、小野さまが進み出ました。渡り廊下があり、ちょうど腰元風の女が二、三人、歩いてきたのです。

『弘美（ひろみ）さま、弘美さまにぜひ、ご挨拶（あいさつ）をしたいという男がまいっております』

『小野か。誰じゃ。苦しゅうない、顔を見せよ』

小野さまがあたしの腕を取り、植えこみの陰から引っ張りだし、渡り廊下の下に連れていきました。

『この者です。山下で楊弓場を営む、松井松兵衛と申す者です』

あたしは先頭の、弘美さまと呼ばれた女の顔を見て、腰を抜かしそうになりました。なんと、矢場女のお弘だったのです。

同時に、ここが駿河台の酒井帯刀さまのお屋敷だということもわかりましてね。

背筋が寒くなるとはこのことです。あたしはとんでもない事態に巻きこまれたのがわかり、ゾッとしました。

お弘もあたしを見て、すぐにわかったのでしょうな。

さっと顔色が変わりました。

目をつりあげ、

『無礼な。そのような下賤(げせん)な者は知らぬ』

と言い捨てるや、お弘はプイと行ってしまいました」

「ほう、なかなかおもしろい対面だったな」

「親分、おもしろいなど、とんでもない。あたしは、旗本家のお家騒動に巻きこまれたのですよ。怖くって、小便をちびりそうでした」

「すまぬ、たしかに、そうだな。それから、どうした」

「あたしが小野さまの顔を見ると、なんとも毒々しい薄笑いを浮かべていましてね。そして、

『ご苦労だったな。手間賃を払わねばならぬの。こちらに来てくれ』

と、言うのです。

あたしはそのとき、これは危ないと感じました。きっと、物陰に連れこまれて

殺されると思ったのです。そこで、

『もう、手間賃などけっこうでございますから』

と言って、立ち去ろうとしたとき、木陰(こかげ)からこちらを見ているお武家と目が合いました。あたしを睨(にら)みつけていましてね。

その目の鋭いことと言いますか、恐ろしいと言いますか。なんと、高山作右衛門さまだったのです。

『前門の虎(とら)、後門の狼(おおかみ)』とは、まさにこのことです。あたしは、小野さまと高山さまと、ふたりから狙われているのですからね。

あたしはとっさに走って、その場から逃げだしたのです。もう、必死でした。とにかく、逃げだしたい一心で、闇雲に走ったのです。いま考えても、よく裏門にたどりついたものだと自分でも感心します」

「すると、裏門から外へ飛びだしたわけか」

「へい。飛びだしたものの、来るときは駕籠でしたから、帰り道がわかりません。通りがかりの人に山下の方角を尋ね尋ね、歩いたのですがね」

「家には帰らず、楊弓場に戻ったのはなぜか」

「あたしは途中で連れ去られたようなものですから、やはり楊弓場や女たちが気になりましてね」

「うむ、それはそうだな」

「日が陰ってきたころ、下谷広小路にたどりつきましてね。あたしは、たくさんの人が歩いているのを見てほっとしました。しかし、ほっとしたのも束の間、後ろから呼び止められたのです。

ギョッとして振り返ると、高山作右衛門さまでした。荒い息をしていましてね。あたしを追ってきたのです。あたしが山下に戻ると読んでいたのでしょうな。

人通りの多い下谷広小路ですから、高山さまも滅多なことはしないだろうと思いながらも、あたしは恐怖で金玉が縮みあがりましたよ。

『できてしまったことはしかたがない。これからのことを相談したいが、こんなところで立ち話はできぬ。ちと、付き合え』

そう言われると、断れませんし、また、目の前に高山さまがいるのですから、逃げだすわけにもいきません。しかたなく、ついていったのです。

『ここがよかろう』

そう言われて立ち止まったのは、不忍池のほとりの寂しいところでしてね。柳の木があって、人目の届かない場所なのですよ。あたしは不安で、不安で、いざとなれば走って逃げるつもりでした。

『てめえが小野寿太郎どのに密告したのか』

『いえ、それは誤解です。あたしは小野さまに密告などしておりません』

『では、なぜ小野どのは、お弘が山下で矢場女をしていたことを知っているのか。てめえが告げたのであろうよ。いくらもらったのか』

『あたしも、なにがなんだかわからないのです。今日突然、小野さまが楊弓場に来て、あたしは強引にお屋敷に連れていかれたのです』

『お弘の前に出て、挨拶しておったではないか』

『いえ、あれは小野さまが勝手に』

『見えすいた嘘をつくな。貴様の裏切りのおかげで、すべてが台無しになった。楊弓場の亭主風情が武士を愚弄しおって、許さぬ』

　高山さまが刀の柄に手をかけました。

その眼の光から、本気で斬るつもりだとわかりました。

あたしは逃げようとしたのですが、じりじりと池のほうに追いつめられましてね。

『死ねーっ』

高山さまが刀を抜き、真っ向から斬りつけてきました。

あたしはそのとき、もう駄目だと覚悟し、目をつぶりましたよ。

足元で『ウウ』という、うめき声がして恐る恐る目を開けると、高山さまが地面に横たわり、腹に刀が刺さっていました。あたしは、一瞬、わけがわかりませんでした。

高山さまは足をすべらせて転倒し、はずみで刀が腹に刺さったのです。そこは人が来ない場所だけに、地面はじめじめしていたのです。斬ろうと踏みこんだとき、足がズルッといったのでしょうね。

助かったと思ったのですが、続いて、さあ、このあとどうすればいいのか。あたしは焦（あせ）りました。

いちおう高山さまの肩を揺すり、声をかけたのですが、苦しそうなうめき声が返ってくるだけでしてね。

その場に見捨てて逃げることも考えたのですが、もしお役人に捕らわれたとき、あたしの弁解など聞いてもらえるはずがありません。また、あたしは小野寿太郎さまにも狙われていますからね。

あたしは度胸を決めたのです。さいわい、人目のない場所でしたから」

「高山さまを水の中に放りこんだのか。しかし、ひとりでは難しかったろうよ」

「刀を抜き取り、水に放りこみました。また、財布など身元につながりそうなものは抜き取り、やはり水に放りこみました。袴だとお武家とわかりますので、紐を解いて脱げるようにしました。

石をたくさん拾ってきて着物の袖に詰めておいて、両足を持って水辺まで引きずっていったのです。最後は、身体を押して水の中に放りこみました。石の重みのおかげで、高山さまはすぐに沈みました。

それからは、怖くて楊弓場には行けませんし、湯島天神門前の家にも帰れません。しばらく、ここ東大久保村に隠れて、ほとぼりが冷めるのを待とうとしたのです」

松兵衛の話が終わった。

春更がひとりでうなずいている。戯作のネタを得た気分だろうか。

裏戸から初老の男が首を出し、ちらとこちらを見た。松兵衛のことが気になったのであろう。すぐに顔を引っこめる。松兵衛の兄のようだった。

松兵衛が辰治を見た。

「親分、あたしは高山作右衛門さまを殺した咎（とが）で、召し捕られるのでしょうか」

「先生、これはどう解釈すべきですかね」

辰治は松兵衛には答えず、伊織に問いかけた。

伊織が松兵衛に確認する。

「そなたが、高山さまの身体を水に放りこんだとき、まだうめき声はしていたのか」

「へい、しておりました」

「ということは、高山さまはまだ絶命していなかったことになるな。

しかし、腹部に大刀が突き刺さったのだ。内臓が傷ついており、治療も手術も難しい。どっちみち助からなかったであろう。しかも、激痛に苦悶（くもん）しながらの死となったであろうな」

伊織があらためて辰治に言う。

「親分、松兵衛どのが高山さまを殺したと見なすのは、難しいのではないでしょうか。水に沈めなくても、高山さまは遅からず死んでいたはずです。考え方によっては、断末魔（だんまつま）の苦しみから救ってやったとも言えましょう」

「なるほど、先生の考えを聞いて、わっしも迷いがなくなりましたよ」

辰治が顔つきをあらため、松兵衛に言う。

「てめえを高山作右衛門殺しで召し捕ることはできねえ。そもそも、松兵衛はすでに死んでいるんだからな。高山さまが松兵衛として、葬られたわけだ。なんとも皮肉だよな。

その結果、高山さまは行方不明となった。酒井家では、出奔と考えているだろうな。

すでに松兵衛の墓まである。いまさら生き返らせるなど、無理な相談だ。てめえを捕らえて引っ張っていけば、鈴木の旦那に、

『死んだ人間をいまさら捕らえてどうする。辰治、ややこしいことをするな』

と、どやされるぜ」

辰治がおかしそうに笑う。

松兵衛は意味がわからないのか、しばらくぽかんとしていた。

ようやく自分が放免されるとわかり、顔に安堵の色が浮かぶ。深々と頭をさげた。

「親分、ありがとうございます」

「礼には及ばねえ。ただし、これだけは言っておくぜ。

もう、お伝を探さないことだ。顔を合わすこともならねえ。松兵衛は死んだのだ。いいな」

　そばで聞きながら、春更がつぶやく。

「うむ、大岡裁き（おおおかさば）ですね」

　伊織もそばで聞きながら、この辰治の処置には同心の鈴木順之助も同意するであろうと思った。また、辰治がお伝を探すなと、釘（くぎ）を刺したのにも感心した。すでにお伝は別の人生を生きている。死んだはずの元の亭主が登場すれば、悲劇になるのは間違いない。松兵衛も割りきり、これから別な人生をはじめるべきであろう。

　最後に、伊織が松兵衛に質問した。

「ひとつ、気になっていたことがある。そなたが酒井さまのお屋敷でお弘どのを見かけたとき、お腹は大きかったか」

「さあ、気がつきませんでした。ほんの一瞬でしたので」

「うむ、無理もないな」

　伊織は松兵衛の答えに信憑性（しんぴょうせい）を感じた。腹部の膨らみがわかったと答えていたら、むしろそのほうが怪しい。

「さて、そろそろ引きあげますかね」

辰治が、伊織と春更をうながす。

松兵衛がすがるように言った。

「親分、あたしはこのあと、どうすればよろしいのでしょうか」

「好きにしていいぜ。ただし、松兵衛は死んでいるのを忘れるなよ」

辰治があっさりと言った。

伊織は、次は小野寿太郎だなと思った。

春更はあちこちを見まわしている。農家の様子を目に焼きつけているかのようだ。戯作のなかで、描写に生かすつもりかもしれない。

四

低い木の柵に囲まれた瓦屋根の建物は、間口が二間（約三・六メートル）、奥行が三間（約五・五メートル）ほどだった。

柵の内側には玉砂利が敷き詰められていて、建物の右側に三道具である突棒、刺股、袖搦が立てられている。左手の板壁の前には、火消道具である纏、提灯、鳶口(とびくち)が並んでいた。

建物の入口は引違えの腰高障子(こしだかしょうじ)で、障子のそれぞれに、

自身番

下谷町一丁目

と、筆太に書かれている。

入口に三尺（約九十センチ）張り出しの式台(しきだい)があった。式台をあがると、三畳の畳敷きの部屋である。

そこに、同心の鈴木順之助、岡っ引の辰治、沢村伊織、それに春更の四人が座っていた。

いつもは詰めている町役人の姿はないが、鈴木が申し入れて、自身番を借りきったのである。

鈴木が、これまで調べたことを話す。

「酒井帯刀どのの祖父は、駿府(すんぷ)城代だったそうじゃ。ところが、帯刀どのの父親のとき、些細(ささい)なことで咎めを受け、寄合(よりあい)に編入された」

旗本・御家人と称される幕臣の多くが、寄合や小普請組に編入されていた。寄合・小普請組は、いわば「自宅待機」だった。家禄は支給され、拝領屋敷に住み続けることはできるが、仕事はなにもない。

寄合・小普請組の幕臣にとって、番入り、つまり役職を得るのは悲願だった。

「帯刀どのは近く、番入りしそうでな。公方さまの側近として有名な、中野清茂どのに口利きを頼んだらしい。さぞ賂を使ったであろうな。近年では、役職はほとんど賂の額で決まるという。

ともかく、帯刀どのにとっては大事な時期じゃ。そんなおり、酒井家の不祥事がおおやけになっては致命的となろう」

そのとき、柵の中の玉砂利を踏みしめて、足音が近づいてきた。

腰高障子越しに、呼びかけてくる。

「鈴木さま、小野寿太郎さまは、酒井さまのお屋敷を出ましたぞ」

鈴木が使っている小者である。

その声が乱れているのは、駿河台からここまで急ぎ足だったからであろう。

小者は酒井帯刀の屋敷を見張っていて、小野が屋敷を出るのを確認するや、先まわりして、大急ぎで自身番に戻ったのである。

「よし。では辰治、行こうか。先生と春更どのは、ここで待っていてくだされ。留守番を頼みますぞ」

鈴木が立ちあがり、大刀を腰に差す。

いよいよ、作戦開始である。

小野は旗本酒井家の家来である。町奉行所の役人は武家屋敷には立ち入れないため、小野が酒井家の屋敷内にいるかぎり、手を出せない。

そこで、

「よし、山下におびきだそう」

と決めたのは、鈴木だった。

そして、おびきだす手段として考えたのが、松井松兵衛の手紙である。

内容は、

「約束の金を払ってほしい。もし金を払わないなら、出るところに出て、知っていることをすべてぶちまける」

というものだった。

小野は、高山作右衛門や松兵衛の行方が知れないことに疑問をいだき、不安を感じていたろう。そこに、松兵衛から金をせびる手紙が届けば、その後の事情を知るためもあって、かならずやってくるというのが、鈴木の読みだった。

ただし、難問があった。誰が、どう書くかである。いかにも松兵衛が書いたと思わせねばならない。

そこで、伊織が春更を推薦した。

もちろん、春更は一も二もなく引き受けた。戯作者の文章力を示す絶好の機会と受け止め、張りきったに違いない。

春更は、松兵衛が読み書きができたのは事実だとしても、「駿河台　酒井帯刀」を「する河台　酒井たてわき」と表記していた漢字力を勘案（かんあん）した。そして、巧妙に漢字と平仮名をまじえ、ところどころに誤字や当て字もあるという、いかにも楊弓場の主人が書いたと思わせる手紙を仕上げたのだ。文章も、用心深さの裏に、こすっからさがちらついていた。

一読して、伊織も鈴木も感心したほどである。

小野も、松兵衛の手紙と信じるに違いなかった。

そして、その手紙を昨日、鈴木の供をしている中間の金蔵が届けた。酒井家の屋敷を訪ね、

「松井松兵衛という人に頼まれました。小野寿太郎さまにお渡しください」

と、門番に託したのである。

こうして、小野をおびきだす作戦がはじまったのだ。

＊

楊弓場は営業していた。もちろん主人は松兵衛ではない。世話人の又右衛門が動いて、引き継ぐ者を見つけたに違いない。

楊弓や矢は残っていたので、そのまま利用できたはずである。

（奥の座敷は、畳を替えるなどしたのだろうか）

鈴木はふと、気になった。

腐乱死体が置かれていたが、とくに血が流れていたわけではない。もしかしたら、畳はそのままで、素知らぬ顔をしているのかもしれなかった。

「旦那、けっこう大勢、歩いていますね。お武家も多いですぜ。わっしらは、小野寿太郎さまの顔を知りませんからね。これは、ちょいと難儀かもしれません」

辰治が言った。

天気がいいこともあって、山下の人出は雑踏と言ってもよいほどだった。あちこちから三味線や太鼓の音が響いてくる。

風に乗って食べ物の匂いもただよってくるが、とくに鰻の蒲焼の香りは食欲を刺激した。細く裂いた鰻を竹串に挿し、炭火の上に乗せて、渋団扇でバタバタあおいでいるのに違いない。

さらに香ばしい匂いは、玉蜀黍を醤油で付け焼きにしているらしい。

「うむ、講釈場の葦簀のそばに立つはずだがな。しかし、この匂いはたまらぬな。指定する場所を間違えておるぞ」

鈴木は匂いに苦情を述べながらも、さりげなく人の流れを見ている。

春更の手紙では待ちあわせの場所として、楊弓場の隣の講釈場の前と指定していたのだ。

ややあって、八丈の羽織を着た武士が講釈場のそばに現れた。あたりを注意深く見まわしている。

「旦那、あのお武家、すごいデコですぜ」

辰治がささやく。

鈴木も、武士の額が大きいのを見て、うなずく。

「うむ、間違いあるまい。あたってみろ」

辰治と小者ふたりが、さりげなく近づく。

たたずむ武士に、辰治が声をかけた。

「もし、小野寿太郎さまでございますか」

「なんだ、貴様は」

「松兵衛の使いでしてね」

「そんな話は聞いておらんぞ。松兵衛本人しか相手にせぬ」

小野が険悪な目で辰治をねめつけた。

そのときには、小者ふたりが小野の背後にまわりこんでいる。

やおら、鈴木が出ていった。

「小野寿太郎どのですな。町奉行所の者です。

酒井帯刀どのの側室弘美どのを殺害し、酒井家の家臣高山作右衛門どのを殺害し、楊弓場の主人松兵衛を殺害した疑いで、召し捕ります。刀は渡していただこう」

鈴木がすばやく大小の刀を鞘ごと抜き取り、小者に渡す。

小野は顔面蒼白になっていた。

「ご、ご貴殿は、いったい、なにを言っているのか。まったくの誤解ですぞ。

拙者はなにも心あたりがない」

「釈明は、自身番でうかがおう。ご同行願いますぞ」

五

下谷町一丁目の自身番に着くと、鈴木順之助と小野寿太郎、そして辰治が上にあがった。

三畳の畳の部屋の奥に、腰高障子で仕切られた板の間がある。三方の板壁には窓はなく、一か所、鉄の環(わ)が打たれていた。凶悪な者を捕らえたときなど、身体を縄で縛り、この鉄の環につなぐためである。

この板の間は、町内の者たちが協力して犯人を捕らえたとき、拘留(こうりゅう)するための場所だった。翌日、巡回に来た定町廻り同心に引き渡すのである。

また、岡っ引が容疑者を連行してきて、この板の間で尋問(じんもん)することもあった。

鈴木は、自身番の奥の板の間で、小野を尋問するつもりだったのだ。

三人が板の間に入ると、仕切りの腰高障子は閉じられた。しかし、三畳の畳の部屋にいる沢村伊織と春更には、姿が見えないだけで、話し声は筒抜(つつぬ)けだった。

「拙者が三人を殺したなど、まったくの誤解じゃ。いったい、なんの根拠があって、そんなことを申されるのか。そもそも、この振る舞いは、旗本の家臣に対し、無礼であるぞ」

　小野が座るなり、まくしたてた。

　旗本を盾(たて)にして、強気で応じようとしていた。

　鈴木は淡々と言う。

「弘美どのは、ご貴殿の主人である酒井帯刀どのの側室ですな。弘美どのを殺したのは『主殺し(しゅうごろし)』の大罪にあたります。

　ご貴殿は主殺しとして、市中引廻しのうえ、小塚原(こづかっぱら)か鈴ケ森(すずがもり)で、磔(はりつけ)の刑に処せられるかもしれませんな。たとえ磔になるのはまぬかれても、獄門(ごくもん)に処せられるのは確実です。

　主人である酒井どのが受ける打撃も大きいでしょうな。こんな不祥事がおおやけになれば、番入りの件はなくなるでしょう。これまでの運動が無になるわけですな」

「違う、違うのだ、拙者ではない。聞いてくれ、頼む」

　さきほどまでの強気から一転して、小野が板の間に両手をつき、平伏した。

のっぴきならない状況に追いこまれているのを理解したようだ。

必死の形相で、目の端にはうっすらと涙が滲んでいる。

相変わらず、鈴木は落ち着き払っていた。

「『聞いてくれ』と申されるのであれば、聞きましょう。ただし、嘘をついたり、誤魔化したりした場合、そこで打ちきり、ご貴殿を小伝馬町の牢屋敷に送ります。よろしいですな。

じつは、われらもこれまでの調べで、かなりのことを把握しているのです。嘘や誤魔化しは、やめておいたほうがよいですぞ」

「承知しました。本当のことを申し述べます」

「では、まずは煙草盆と茶をもらいましょうかな。

おい、頼むぞ」

鈴木が障子越しに声をかける。

春更が気軽に、

「へ〜い、ただいま」

と返事をし、いそいそと茶の準備をはじめた。

煙管の煙草に火をつけ、一服したあと、鈴木が言った。

「まず、酒井帯刀どのと奥方について、うかがいましょうか」

「正室は雅代さまといい、旗本の娘です。ふたりの間に子どもはありません。というより、雅代さまは石女でしょうな。そこで雅代さまは、実家から養子をもらおうと画策していました。

そんな折、高山作右衛門の陰謀がはじまったのです。弘美という卑賤な矢場女を自分の遠縁の娘と称し、『行儀見習いをさせたい』という理由で、殿の側仕えをする腰元にしたのです。

高山の見込みどおり、殿は弘美さまの色香に迷い、手をつけました。弘美さまは房事も巧みだったようですな。まさに殿を骨抜きにしたのです。高山どのの思惑どおりと言いましょうか。

そして、懐妊したのです。

殿のお喜びはひとかたならず、生まれたのが男の子であれば嗣子とし、女の子であれば婿養子を迎えるおつもりでした」

「ふうむ、正室の雅代どのの心中は、察してあまりあるものがありますな。しかし、そもそもご貴殿はなぜ、弘美どのが矢場女だったと知ったのですか」

「弘美さまは、高山作右衛門の遠縁の娘という触れこみでした。しかし、拙者は最初から、妙だなと感じていました。

弘美さまの立居振舞(たちいふるまい)には、武家の娘とは思えないものがあったのです。ところが、殿には逆にそこが魅力だったらしく、弘美さまに夢中でした。

弘美さまの懐妊があきらかになってからです。妙な噂を小耳にはさんだのです。新しく雇われた下女のひとりが、弘美さまと同じ長屋に住んでいたと口走ったらしいのです。

そこで、ひそかにその下女を呼び、尋ねました。最初はおびえて、口をつぐんでいたのですが、脅(おど)したりすかしたりしましてね。

ついに、しゃべりました――。

弘美さまは、下谷坂本町(さかもとちょう)の裏長屋に住んでいたころはお弘といい、山下の楊弓場で矢場女をしていた。かなり実入りがよいようで、長屋で目立つほど派手な暮らしをしていた。それで、自分もお弘さんのことを知っていた。先方はあたしなど歯牙(しが)にもかけていなかったろうから、知らないはずだ。

――ということなのです。

拙者はその下女に口止めをしておいて、山下の楊弓場をひそかに調べたのです。そして、驚きました。矢場女は事実上の売女ではありませんか。そんな女が殿の側室として、世継ぎを生もうとしているのです。

高山作右衛門の、悪辣で陰険な策謀でした。弘美さまを利用して、出世を企んでいたのです。

拙者はからくりがわかり、高山に激しい怒りを覚えました。なんとしても、高山の策謀を阻止しようと思ったのです」

「ほう、それで、ご貴殿は楊弓場の主人の松兵衛を、強引に屋敷に引っ張っていき、弘美どのに対面させたわけですか」

「弘美さまも自分の過去があばかれたと悟れば、恥じて身を引くと思ったのです。つまり、屋敷を出奔するかもしれないと思ったのです。拙者としては、穏便に解決できれば、それに越したことはないですからな」

小野の目的には、高山の追い落としもあったはずである。しかし、その点には触れない。

鈴木もあえてそこには言及せず、ずばり切りこんだ。

「ところが、隙を見て松兵衛が逃げだしてしまった。ご貴殿は切羽詰まり、弘美どのを絞め殺したわけですか」

「違う、拙者ではない」

「ご貴殿が弘美どのの死体を俵に詰め、楊弓場の奥座敷に運んだのは、もうわかっております。言い逃れはできませんぞ。

自分ではないと言い張るのなら、殺したのは誰ですか。知らないはずはありますまい。死体を運んだのはご貴殿ですからな」

小野の顔がゆがんだ。

最初にすべてしゃべると同意したものの、やはりここに至ると、自分の口から述べるのはためらわれるらしい。

苦渋の表情で、絞りだすような声で言った。

「正室の雅代さまです」

「ほう、どのような状況だったのですか」

「拙者は松兵衛を追ったのです。ところが、追いつけませんでした。虚しく屋敷に戻ると、女中のひとりに離れ座敷に呼ばれました。

拙者がうかがうと、目をつりあげ、異様な形相をした雅代さまが立ち竦み、足元に弘美さまが倒れていました。

見ると、弘美さまの首には細帯が巻きついています。

また、雅代さまの両手の甲から、血が滴っています。雅代さまが絞め殺したのはあきらかでした。

『下賤な女が殿の子を産むなど、許せぬ。屋敷を去るよう説き聞かせたところ、無礼な返答をした』

拙者は呆然としました。

雅代さまは癇性で、些細なことでカッとなる方です。松兵衛と弘美さまの対面をたまたま見ていて、詰問したのかもしれません。ところが、弘美さまがまともに相手にしなかったので、逆上したのでしょうな。

『小野、この汚らわしい物を、どこかに取り捨てよ』

『し、しかし、殿にはどうお伝えしましょうか』

『ひとまず、実家の父親が危篤になり、駆けつけたとでもお伝えしておけばよかろう。あとは、なんとでもなる。

小野、任せましたぞ』

そう言い放つや、雅代さまはプイと行ってしまわれたのです。

拙者は高山を探しました。高山にどうにかさせようと思ったのです。しかし、高山の姿はありませんでした。こうなると、拙者がひとりでやるしかありません。もう、やむをえなかったのです」

「死体を捨てるなら夜陰に乗じて神田川に流すなど、もっと簡単な方法があったはず。なぜ、わざわざ山下まで運んだのですか」

「自分でもよくわかりません。そのときは、高山と松兵衛への怒りで頭は狂乱状態でした。自分がなにをしているのか、自分でも判断できなくなっていたのです。

ふたりへのあてつけと言いますか、ふたりに吠え面をかかせると言いますか。

ふと、山下の楊弓場の奥座敷に放置することを思いついたのです。

あとは、いかにうまくやるかしか考えていませんでした。

拙者は弘美さまが身につけていた物をすべて取り去り、長襦袢と湯文字だけにして、俵に押しこんだのです」

そのあとのことは、中間の浜吉が供述したとおりだった。

小野は楊弓場の奥座敷に着くや、俵からお弘の死体を出し、そのまま放置して去ったのだ。俵は、帰途、神田川に捨てたという。

「そのときは、拙者は高山や松兵衛に対し『ざまあみろ』という、痛快な気分でした。しかし、あとになって、自分がなんと愚(おろ)かなことをしたのだと、激しい後悔に襲われましてね。いや、後悔というより恐怖ですな。

あの日以来、びくびくして過ごしておりました。とにかく、その後のことがわからないのです。高山も松兵衛も逃げてしまい、拙者ひとりが取り残された格好になりましたからな。

怖くて、山下には近づけません。屋敷の外に出るのも控えておりました。松兵衛から金をせびる手紙が来て、逆にほっとした面がありました。考えてみると、妙ですがね」

語り終え、小野が大きなため息をついた。

その表情から、さきほどまでの苦悶は消えていた。懊悩(おうのう)をすべて吐きだしたからだろうか。勧められた茶をうまそうに飲み、煙管をくゆらせる。

「ちょいと、小便をしてくる」

鈴木が席を立ち、出ていく。

自身番に便所はないので、近くの長屋の総後架(そうこうか)を借りる。ひとりで考えようとしたのだ。

便所から戻った鈴木が言った。

「酒井帯刀どのは、弘美どのの失踪をどうお考えになっているのですか」

「最初はご心配になっていました。ところが、ほぼ同時に高山作右衛門が屋敷から姿を消しているとわかり、烈火のごとくお怒りです。ふたりが示しあわせて出奔したとお疑いになっているのです。しかも、弘美さまは殿の胤を宿しておりますからな。

本当であれば、殿としては追っ手を派遣し、ふたりを成敗したいお気持ちだと思いますが、番入りを前にしております。不祥事がおおやけになってはならないのです。

ですから、弘美さまと高山どのの失踪は伏せられております。屋敷の者全員は、固く口留めされているのです」

「なるほど。それにしても、よく話してくれましたな。では、今度は、われわれに判明しておることを、お教えしましょう。

弘美どの、かつてのお弘の死体は、山下の世話人の尽力で、身元不明者として葬られました。無縁仏ですな。

松兵衛はすべてを白状しましたが、その後、女房を離縁し、行方をくらませました。いまもって、その行方はわかっておりません。

高山作右衛門どのは自害して果てました。腹を切って、不忍池に入水したのです。

数日後、高山どのは土左衛門となって浮かびあがったのですが、行方不明の松兵衛と間違われたのです。そのため、松兵衛として葬られました。ちゃんと墓もあります。

一方の松兵衛にしてみれば、自分は死んだことになっているため、もう世間に顔出しできないわけですな」

「なんと、高山どのは死んでおったのですか」

小野が驚きの表情を浮かべる。

続いて、深いため息をついた。これまでの懊悩が取り越し苦労だったとわかり、脱力感に襲われているようだ。

鈴木が煙草盆で、コンと煙管を叩いた。

「さて、これですべて謎は解けましたな。

もう、お帰りいただいてもよろしいですぞ」

「え、このまま帰ってもよいのですか」

小野が用心深く言った。

解放の喜びよりも、かえって不安を感じていた。なにか裏があるのではなかろうかと、疑心暗鬼になっている。

「ただし、ひとつ条件があります」

「と申されますと」

「正室の雅代どのが弘美どのを殺害した件で、町奉行所の役人から取り調べを受けたこと、そして、ご貴殿がどうにか難局を切り抜けたことを、酒井帯刀どのに打ち明けてくだされ。

ご貴殿が酒井どのに打ち明けるのを条件に、町奉行所はこの件から手を引きます」

小野は即答しない。

頭の中でめまぐるしく検討しているようだ。とくに、自分の処遇がどうなるかが、最大の関心事であろう。酒井家を追われ、浪人になるのだけは絶対に避けたいはずだった。

ついに、小野が口を開いた。

「わかり申した、お家のためです。殿にお伝えしましょう」

「そうですか。では、両刀をお返ししましょう」

＊

小野が去ったあと、物おじしない春更が言った。

「鈴木さま、酒井家はお咎めなしということですか」

「弘美どの――お弘は死んだ。高山作右衛門どのも死んだ。そして、弘美どのを殺したのは、雅代どのと判明した。ところが、肝心の雅代どのには、町奉行所は手を出せない。なんとも、もどかしいと言おうか、理不尽と言おうか。このまま、指をくわえているしかないのか。だが、雅代どのを罰する唯一の方法がある。夫の酒井帯刀どのじゃ。そこで、帯刀どのに裁断をあずけた」

「ははぁ、そうですか」

春更はまだ納得がいかないようである。

戯作の勧善懲悪の筋立てにはほど遠い、なんとも曖昧な結末なのかもしれない。

しかし、伊織は鈴木の思慮深さに感心していた。

(雅代どのはかならず、因果応報の憂き目を見るであろうな)

旗本家に対し、一見すると因循姑息な対応をしているようでいて、実際には鈴木は、可能なかぎりの懲罰を与えようとしていると言ってよかろう。

「さてと、今日は疲れたな。もう帰るぞ」

鈴木が、供の中間の金蔵を呼ぶ。

八丁堀の屋敷に帰るつもりのようだ。

「じゃあ、わっしは町役人に挨拶してきますよ」

辰治は、自身番の使用が終わったことを告げにいく。

伊織と春更は肩を並べて歩きだす。

「わたしは、まだ楊弓の経験がありませんでね。せっかくなので、これから楊弓場に行こうかと思うのです。山下には二、三軒ありますから」

歩きながら、春更が言った。

戯作のためにも経験しておきたいということのようだ。

「どうですか、先生もご一緒に」

「うむ、私も楊弓はやったことがない。そうだな、せっかくだから試してみようか」

ふたりは連れ立って、山下の楊弓場に向かう。

歩きながら、伊織は思いついた。

「例の見世物はまだやっておるかな。ついでに見物してもいいな」

「さあ、どうでしょう。まだやっているなら、わたしも付き合いましょう。わたしは一度観ていますが、その後、工夫がなされているかもしれません」

「ひとりだと、ちょっとためらいがあるが、そなたが一緒だと、心強い」

春更が明るく笑う。

歩みに連れ、山下のにぎわいが大きくなってきた。

六

春更が弟子を標榜（ひょうぼう）している以上、沢村伊織はなにか手伝わせたいと思うのだが、あいにく手を貸してもらうような作業はなにもなかった。

そのため、伊織が長屋の住人の診察や治療をするのを、春更は黙ってそばで見ていた。

ようやく患者が途切れた。

「なにか話があるのか。だとしたら、お待たせしてしまったが」

「いえ、急ぎの話というわけではないのですが。長屋の子どもたちについてです。ときどき、連中とおしゃべりをするのですがね」

春更が答えた。

伊織は、路地を歩いている春更に、子どもたちが「しゅんこうさん、どこへ行くの」などと、気軽に声をかけている光景を思いだした。

「長屋の子は、そなたに、なついているようだな」

「あの子たちと話をするのは、けっこう楽しいのですよ。わたしの子ども時代、まわりに、ああいう子どもたちはいませんでしたからね」

春更がしみじみと言った。

伊織もややしんみりした気分になる。

妾（めかけ）の子とはいえ、春更は八丁堀にある与力（よりき）の屋敷で育った。周囲はすべて、与力・同心の屋敷である。庶民の子どもと遊んだことは、一度もなかったであろう。

春更が話を続ける。

「ざっと見渡したところ、寺子屋に通っている子も、いない子もいます。そして、寺子屋に通っていない子は、大別してふたとおりあるようです。

ひとつは、家が貧しいため。

もうひとつは、幼い弟や妹の面倒を見なければならないため、寺子屋にはとても行けないというものです。これは、すべて女の子ですがね」

「うむ、赤ん坊をおんぶして、子守をしている女の子はよく見かけるな」

「貧しいため、子守のため、をひっくるめて、寺子屋に行けない子が、このモヘ長屋にも五、六人はいると思います。そういう子どもたちのために、無料の手習い所を開きたいのです。しかも、赤ん坊をおぶったままでもかまわぬという、気さくな手習い所にしたいのです。

ただし、場所をどうするかでして。わたしの部屋に、赤ん坊と一緒に来られても、収拾がつかなくなりますしね」

伊織はハッと気づいた。

思わず笑みが浮かぶ。

「そうか、この部屋か。なるほど。

たしかに、私が診療所として使うのは一の日だけで、ほかの日は空き家になっている。私も常々、もったいないなとは感じていたのだ。

一の日以外の日、この部屋を無料の手習い所として活用するわけか。うむ、それはいいな」

モヘ長屋の持ち主は、本石町二丁目にある、酒・油屋と両替商を営む加賀屋である。主人の伝左衛門は、かねてより長屋の住民のためになにかしてやりたいと考えていた。そんな折、たまたま伊織と知りあった。そこで、伊織に部屋を提供し、無料の診療所を開設したのである。

「寺子屋に行けない子に読み書きを教えてやるのは、非常によいことだ。しかも、赤ん坊をおぶったままでもかまわぬとなれば、それまで無理だった子も、手習いができるようになるからな。

私から加賀屋に話してみよう。伝左衛門どのは奇特な方だから、きっとそなたの趣旨を理解し、賛同してくれるはずだ」

「はい、よろしくお願いします」

「沢村伊織先生の診療所はこちらですかい。

おや、春更さん。ちょうど、よかった」

ひょっこり顔を出したのは、岡っ引の辰治だった。

ざっと室内を見渡したあと、ずかずかとあがってくる。

「親分、よく、ここがわかりましたね」

「今夜あたり、下谷七軒町にうかがおうとは思っていたのです。たまたま用事があって、筋違橋の近くまで来たのですがね。ふと、今日が一の日なのを思いだしまして。筋違橋から須田町はすぐです。じゃあ、いっそ須田町の長屋に寄ってみようと。

通りがかった男に、

『蘭方医が診療所を開いている長屋を知らないか』

と尋ねると、すぐにわかりやしたよ」

「ほう、そうでしたか。たまたま長屋の住人だったのかもしれませんね。ちょうど患者はいませんから、ゆっくりしていってください」

「じつは、二、三日前、松井松兵衛がわっしの家を訪ねてきましてね。わっしは驚いて思わず、

『てめえは死んだことになっているんだぞ。なにを、のん気にうろちょろしているのだ。まさか、女房のお伝に未練があって、探しまわっているのではあるめえな』

と、叱りつけてしまいましたがね。

松兵衛が平身低頭して、

『お伝のことは忘れました。また、あたしが死んだことになっているのは充分にわかっておるのですが、親分にだけは、どうしてもご挨拶をしておきたかったものですから』

と言うじゃありませんか。

わっしもほろっとしましてね。情にほだされるというやつですよ。そこで、話だけは聞いたのです」

「ほう、松兵衛どのはいま、どうしているのですか」

「世話をしてくれる人があって、芝神明の境内で、楊弓場をやっているそうですよ。楊弓場の屋号は『竹屋』、松兵衛自身は『竹次郎』と改名したそうでしてね。松井松兵衛は、いまや竹屋竹次郎というわけです」

伊織と春更は笑いだす。

辰治も笑いながら続けた。

「松から竹というわけですな。まあ、やはり慣れた商売がよいのでしょう。それと、仲人をしてくれる人がいて、女房をもらったそうですぜ。本人は、離縁された出戻り女だと言っていましたがね」

「そうでしたか。後妻をもらったら、もう前の女房を追うことはありますまい。松兵衛、いや竹次郎どのは新しい人生がはじまったと言えるでしょうね」

伊織はやや感慨を覚える。

辰治が口調をあらためた。

「もう一件、じつはこちらのほうが大事なのですがね。鈴木の旦那から聞かされました。

酒井帯刀さまの正室の雅代さまは、発作的になにをしでかすかわからない乱心として、屋敷内の一室に押しこめになったそうです」

「すると、小野寿太郎さまは主人の帯刀さまに、雅代さまの醜行を言上したわけですね」

「どういう言い方をしたのかはわかりませんがね。小野さまにしてみても、我が身がかわいいですからな。頭をひねり、知恵を絞り、自分に難が及ばないように、巧妙な言い方をしたのでしょうな。

それを受けて、帯刀さまは雅代さまを押しこめにする決断をしたわけです。大身の旗本ともなると、正室を離縁するわけにはいきませんからな。思いきった処断と言えます」

「屋敷内の一室に閉じこめられたということですか」

春更の口調は、やや不満そうである。

伊織が言った。

「押しこめということは、事実上の座敷牢だ。外を歩くこともできなければ、人と話すこともできない。死ぬまで一室に閉じこめられたままだからな。考えようによっては、死罪よりつらいかもしれないぞ。

雅代どのは、人を殺した報いを受けたと言ってよかろう」

本来であれば町奉行所も手をこまねくしかない雅代に対し、相応の懲罰が加えられたのだ。そして、その道筋をつけたのが、同心の鈴木順之助である。

おそらく鈴木は、自身番と長屋の総後架を往復する間に考えたに違いない。

伊織は、小便に行くと言って席を立った鈴木を思いだすと、笑いがこみあげてきた。

(さて、春更はどんな戯作に仕上げるかな)

こうなると、伊織は早く戯作を読みたい気がした。

コスミック・時代文庫

秘剣の名医（ひけんのめいい）

十

蘭方検死医 沢村伊織

2021年10月25日　初版発行
2024年 4 月27日　3刷発行

【著 者】
永井義男（ながいよしお）

【発行者】
佐藤広野

【発 行】
株式会社コスミック出版
〒154-0002 東京都世田谷区下馬 6-15-4
代表　TEL.03(5432)7081
営業　TEL.03(5432)7084
FAX.03(5432)7088
編集　TEL.03(5432)7086
FAX.03(5432)7090

【ホームページ】
https://www.cosmicpub.com/

【振替口座】
00110-8-611382

【印刷／製本】
中央精版印刷株式会社

乱丁・落丁本は、小社へ直接お送り下さい。郵送料小社負担にて
お取り替え致します。定価はカバーに表示してあります。

ISBN978-4-7747-6323-1 C0193